郁思 著

老來不相忘

郁思文集

序一

漢湘

郁思，人如其名，文如其名，人的思想和文章的吟詠，都蔚然豐美，散發著馥郁的清香。《論語・八佾》：「周監於二代，郁郁乎文哉！」范仲淹〈岳陽樓記〉：「岸芷汀蘭，郁郁青青。」與郁思相見，如沐春風，讀郁思的文章，或欣然喜悅，或情動於中，心有所感而餘波蕩漾……

郁思，本名陳卿珍，「卿卿尊貴如珍寶」，也是人如其名極好的名字。我向來喜稱郁思「卿珍姐」，覺得親切。想當年在北德州文友社文學講座初見郁思時，只見眾人之中脫穎而出一張喜悅從容詳和的臉，「卿卿尊貴如珍寶」此後與郁思逐漸熟識的過程，像走進一座寶庫，件件寶貝閃閃發光，燦若星辰，皎然如月，灼灼似日！

一九三五年出生於湖北荊門的郁思，童年正逢抗日戰爭，舉國動盪不安，軍職在身的父親長年征戰在外，身為長女的郁思，為幫助母親安家照料弟妹，未受完整小學教育，一九四九年到台灣進入初中，才算是正規學校教育的開始。郁思父親以軍人微薄的收入，要養活六個孩子及身體健康不穩定的妻子，讓初中讀了兩年的長女插班考入新竹師範學校，畢業按規定教小學四年後，郁思考上中興大學法商學院地政系，大學畢業經朋友介紹到台北市立盲聾學校執教。

盲聾學校教書的特別經歷，郁思學會手語和點字，當她深入這些年輕盲聾學子迥然不同的殘缺世界，近距離接觸面對，痛惜憐惜之餘，除了傳道授業解惑，更以一顆慈悲柔軟的心呵護他們有缺陷的生命。也就是在這個時期，天性喜愛文學的郁思開始投稿，文章陸續發表在《中央日報》、《中國時報》、《聯合報》、《皇冠》等等報章雜誌。

一九七三年，育有一子一女的郁思，隨赴美深造的夫婿舉家遷往美國亞特蘭大，在丈夫「一毛錢一個的甜甜圈，也能把日子甜甜蜜蜜的過下去」境況下，先生拿到碩士學位。異鄉施展抱負的路一直不平順，因緣際會與朋友合夥開雜貨店，置身一排排貨品架間，夜半不眠不休孵豆芽、磨豆漿……過程極其艱辛，生意卻始終冷冷清清，最後決定鼓起勇氣接受朋友建議，買下位於德州西北部小城拉勃克的中國餐館「長城餐廳」，舉家從亞特蘭大遷往德州，向另一個未知挑戰，展開人生中最長的一段奮鬥史。從未接觸過餐館業，郁思和先生努力克服一切困阨從頭學起，經過不斷摸索學習，終於漸漸在拉勃克小鎮上站穩腳步，文質彬彬的他們以最真心的笑容和最誠意的態度，贏得大受當地居民歡迎的好口碑。「萬里長城萬里長！」他們經營長城餐廳長達二十三年之久，直至退休。

在二十三年長城餐廳的舞台上，日日包羅形形色色的客人進進出出，以及與時更換迎新送舊的半工半讀員工，這其間發生的許多錯綜複雜故事，或辛酸，或感人，或喜悅的點點滴滴……以後一一都在郁思的筆下活生生重現。當年打工受到照顧的學生們，如今個個學有專精，各自在社會上嶄露頭角，其中有些不辭路遠千里迢迢幾度前來探望老東家，儼然子姪之輩，關愛尊敬以待。

經營餐館每日早出晚歸，照顧不到兒女的生活起居，也在他們成長與學習的過程中成為長期缺席的父母。歲月匆匆，幾十年如流水過，深感內疚自責的郁思，每談及此仍忍不住淚流滿面，可堪慰藉的是，一兒一女都順利完成高等教育，在美國社會展現華裔勤奮努力的優秀特質。

當年離台赴美的郁思，將所有文稿都存放在好友黃育清處，心想三五年就可回去，怎知長城餐廳一開，竟遙遙望不見歸期！同樣寫得一手好文章筆名水天的育清，不願埋沒辜負郁思這些佳作，主動代郁思出版了她的第一本書《鄉下姑娘》，並為之作序，序言中云：「郁思去國已經四年了，臨行前，她將所有的文稿託付與我，我偶爾翻讀她的舊作，激動依然，噙淚依然，我覺得她所插種的一行行柳樹，應該讓它們在更多更廣泛的讀者心田上迎風搖拂。」

赴美後的郁思，在異鄉奮鬥的生活忙碌不堪，直到退休後，才終於又有了屬於自己的天空，得以重新拾起寫作的筆，一點一滴記錄在美三十多年生命中，曾經深深印下的感動，日積月累地，漸漸又在報上發表了許多文章，只是完全沒有想過要再出書，直到重病的好友一句話：「妳再不出書我就等不及了！」這句話讓郁思及時出了第二本書，請在台的好友周碧珊女士全權負責出書事宜。愛好藝術的碧珊有感於郁思動人的文筆，親自為每一篇文章繪圖插畫，以臻圖文並茂。距第一本書三十多年後，郁思的第二本書《年輕的聲音．蒼老的容顏》終於在二〇一〇年出版，遺憾的是，碧珊的插畫當年竟未及趕上付印！

又經過了這麼多年，郁思終於決定自動自發要出第三本書——為自己寫的文章找一個安頓的家！如水天在《鄉下姑娘》序末所願：「郁思久未動筆，我時感若有所失，但願她把如許的悲歡離合，都醞存在心中發酵，有朝一日，我們會再飲到她那芬郁的巧思和佳釀。」芬郁的巧思和佳釀！可不是嗎？郁思寫人生的經歷，寫生命的感動，寫生活的鉅細靡遺，每一篇文章讀來都讓人感同身受，都能夠貼切普世眾生的情懷，將人們自粗糙的現實層面提升超脫，把歡樂的畫面停格永駐。身為一個寫作的人，郁思心懷悲憫，對周遭的人事物，筆尖飽沾濃情，對親友、對曾經住過的地方、對大自然的宇宙萬物……無不以最真摯的筆觸細細刻畫描繪，讓讀者透過文字切身感受到，在一個人的心上，生命可以留下多麼深的刻痕！

這其中，尤以病痛的折磨最噬人心！〈大廳〉把一間來自五湖四海的一群人，共同坐在醫院大廳受煎熬、等待檢驗報告結果的沉重場景，描寫成自憂傷裡開出一朵蓮花的馨香。〈母與女〉中母女深恐相失的親情牽繫對話，讀來令人潸然淚下。郁思自己有過抗癌的經歷，但是陪女兒文郁做化療、放療手術〈走過抗癌路〉的那一段過程，更令人感到愀然傷懷，有萬箭穿心的驚懼。為母則強，瘦弱的郁思護持重病女兒再一次展現出的堅強毅力，讓我深刻感受到，在這個世界上，唯有母愛可比擬天！

除了描寫病痛字裡行間黏滯沉重，一旦跳脫出病魔的威脅，郁思的文筆揮灑開來，天馬行空是一片清新自然的氣象。〈驚豔凱多湖〉景致如詩如畫又如透過攝影鏡頭的精彩短片，〈夏日清晨的情趣〉是唯有最清澈透亮寧謐的心靈，才聽得見萬籟俱寂中那極微細靜悄的自然之聲。

郁思筆下的世界非常生活化，滋滋有味的生活總是趣意盎然，不但引古據今有典有故，而且情境動人，情感真摯。〈六月楊花雪〉將楊花柳絮自古詩詞的詩情畫意裡，鋪陳出一段現代實際生活中的愛恨糾結，時空跌宕，意趣橫生，頗有愛恨皆宛然之歎。〈蓮花情事〉，則由種植蓮花的美麗期盼，忽而冒出浣熊鬧場鬧得人仰馬翻的奇趣。〈閒話餃子〉裡，郁思帶我們走回時光隧道，瞭解古早水餃、餛飩、鍋貼的吃食文化，我更在郁思的飯桌上，吃到她親自和麵擀皮拌餡的餃子，那一粒粒熱騰騰包得精巧帶著貝齒摺痕的餃子，看在眼裡，有郁思細緻美麗的風情；吃在嘴裡，是滿口郁思的鮮香；吞進肚裡，更覺她那一貫滋養人的溫潤深透肺腑。

郁思的先生在〈老來不相忘〉裡說：「什麼都能忘記，只要妳記得我，我記得妳就好。」一三句簡簡單單的話，道盡老伴鶼鰈繾綣的深情！郁思選定這篇文章的名字作為新書的書名，正是對先生攜手扶持一生款款情深的回眸。

郁思也寫小說，她的小說讀來像走進真實的人生場景，隨著筆下人物過起一段生活來了，生活裡種種的悲歡離合，曲折離奇、蜿蜿蜒蜒行至故事結尾，讀者最終彷彿都能自故事人物無奈的境況裡，掙脫出一份豁達，當然，餘音繚繞不絕如縷的，總是悠長一聲隱在深心裡的歎息……

〈愛窗者言〉幾乎將郁思過往一生的記憶都用窗外的風景串聯起來了，「溫水一杯，小書一卷，坐在靠窗的椅子上。春日涼風習習，秋日暖風溫潤，真是南面王不易」。坐在窗邊的郁思，正是無冕王的剪影，具有寬厚謙和的長者風範，但最讓人愛的是，經歷過各種人生的迂迴波折，她依然純淨如初，有著小兒女般的天真。記得一回我們同坐淡水線捷運，遠看起伏優美的觀音山，藍天白雲悠然其上，郁思凝眸，喜悅的心如孩子般剔透，她就像〈驚豔凱多湖〉描寫的船夫羅伯特「有一份清水洗滌過的純真自然」。

曾為郁思作一詩〈明燈〉，詩句「化人生中的風雨為彩虹」正是郁思的精神寫照，「細膩深情親切溫馨」則是我心目中卿珍姐的溫柔印象。郁思不但是「一盞亮著希望的明燈」，也是一塊磁石，總被所有的親朋好友們圍繞，我們共同見證她面對頑強病魔展現出的堅強毅力，我們一起品嚐她筆下引人垂涎的麵點菜餚，我們齊聚在她家中享受被奉為上賓的親切款待和歡聲笑語，我們更自她一篇篇字字珠璣璀璨如晶鑽的文章裡，豁然了悟了人生的喜怒哀樂……

二〇〇七年，達拉斯有幸迎來了郁思，我更何其有幸，今生得郁思為良師，並與之結緣成為知心好友，在各個方面都受到她深厚寬廣的薰陶和潛移默化，今日得此殊榮為郁思的新書《老來不相忘》作序，這篇序文像是憑感應雕出的一座雕像，具體而微，深入淺出，鑑於水天在《鄉下姑娘》寫的好序，我絕難再出其右，惶惶然深感心內縱有千言萬語仍無法以筆墨形容於萬一，讀者若能自此書序識得郁思其人其文之一二，便足以堪慰，實萬幸哉！

二〇一七年十一月二日於德州達拉斯

序二

普仁

郁思退休後，日常生活中的事，許多都可以放下，時間多出來，她又有寫作的愛好，就常常提筆為文。多年來，她有胃酸逆流的毛病，每天清晨四時，準時被叫醒，起來之後，不宜有大的動作，於是就勤於筆耕。幾年累積下來，也寫下不少的文章。這本書選的，都是先後在報刊上發表過的，因為有幾位文友多次建議，把這些散落在各地的遊子，找個家吧！於是才興起了再出一本書集的念頭。

郁思文如其人，簡單樸實，清新優雅，用她的筆，寫她的心，如行雲流水，意到筆隨，了無牽掛，讀後有餘味，盡在不言中。

她的朋友圈子，除了少數的長者，都視她為姐，她與人相交，抱著坦誠與關懷的心，以己度人，她的內在素養，自會形之於外，於是被友人久而敬之。

與郁思相伴相聚五十餘年，偶爾聽到別人說一句：「妳氣質真好！」她的文雅氣質，讓從旁的我也沾到一些光澤。

那年我們回蘇州看望我的姐姐，一次到寒山寺遊玩，都是七十歲的人，走累了坐在亭內稍作休息。一群也來遊玩的大學生喧囂走過，其中有一位忽然像想起什麼事轉身回來跟我們說：「替您們倆照張相好嗎？」

照完說聲謝謝，快步追趕走遠的同學。

郁思問起：「為什麼替我們照相呢？」我就順口回答：「大概我們還算不太老醜，給寒山寺湊個一景吧！」

又有一次，我們兩人在蘇州的王四酒家午餐，鄰桌數位婦人，頻頻送來笑意，我有點眼拙，不知道是否相識，但也頷首微笑答禮。飯後其中一位走過來說：「你們是兩位優雅的老人家！」

我是受寵若驚，應是郁思心靈的修養，自然流露，感應到身邊的我。

郁思的文章，輕易不肯示我，常在見報之後，才能後睹為快。她這次出書，最後央我寫些多年來生活中的點滴和感受。聽來是雲淡風輕，實際的力道很大，這也是對我的一次期終大考，抱著坦白從寬的心理，我重重的舉起，輕輕的放下，希望小舟已過萬重山。

二〇一八年一月三十一日於德州達拉斯

自序

先生常常說我的文章可惜了，因為生活圈子太小，視窗侷限太窄，寫不出大氣的作品；這些都是實話。

先生也說，不過妳的每篇作品讀來感情真摯頗能感動人心。養過的一隻狗兒、後院的一缽蓮花、黃昏的一桌牌局、醫院的一條廊道、等待檢驗的大廳、頭上掉落的白髮、臉面增添的刻紋，都娓娓道來，還有那麼點味道。

我嗅不到那些味道。生活的步道走得越久，即使原地踏步，也踏出許多灰垢煙塵，瀰漫著日子裡的歡樂悲傷。離開上次出書將近八年。清晨的腦海指揮著風濕關節痛的手指，坐在桌邊敲打鍵盤，把那些歡樂悲傷，一字、一句、一段、一篇的敲出了這本書。

散文佔多篇，分五輯共四十一篇，小說六篇。

八年在人生的長河只是一段小灘，在小灘中撿石淘沙，能撿多少淘多少就是多少吧！

最後要特別感謝我的好朋友，劉漢湘女士，在繁忙的生活中答應替我寫序。她寫得詳盡涵蓋周全，充滿溢美之詞，讓我讀著有些汗顏。

請先生替我寫篇序文。夫妻五十年，他知道我的為人處世、認識我的胃酸逆流、安撫我的心律不整。後睹為快讀我的文章。重起筆，輕放下，輕舟已過萬重山。他的眼睛視力差，拿著放大鏡替我找錯字，還修飾文詞。非常感謝他！

郁思

二〇一八年於德州達拉斯

目次

小說

輯一　生

蓮花情事

今年四月的一天，養植多年蓮花的長輩李老先生來電話問我：「有沒有人要養蓮花呀？我家後院蓮花生長太茂盛，要分株送人。」

我送出郵電信，立刻有淑芳夫婦、佩珍女士、慈萱女士都要。

選了個天清氣爽的好日子，淑芳夫婦開車，帶我們到了李老先生的家。老先生和老太太非常熱情，有點心招待，有好茶品茗。我們吃著點心，喝著好茶，聆聽老先生的養蓮經驗談。

到後院一看，老先生已經早就分株裝好，還有水土培養著。我們小心翼翼搬上車。

我們家留了三株，淑芳帶回四株，她要分一株給佩珍，慈萱拿去一株。

養蓮事熱鬧登場。淑芳的先生是她家的長工，能幹又肯幹。清晨到河溝邊挖有機土（李老先生說不能用買的肥料土），栽種蓮葉根，再壓土灌水，上面放些小石頭，成就了三缽小蓮缽。又去買了三個塑膠大水缸，把小缽放進水缸去。再去買些小魚吃水裡的蚊子。聽著比農夫插秧還要費功夫，是我們三家養蓮族群裡最用心栽培的一家。

淑芳每天寫短信，隔天傳照片。她家的蓮事成為大家關注的對象。蓮葉也不負苦心人，長得有精有神，漂亮挺直。一天雨後她傳來蓮葉上顆顆晶亮水滴的照片，蓮葉平整，雨珠大小排列晶瑩剔透。比起白居易〈琵琶行〉裡「嘈嘈切切錯雜彈，大珠小珠落玉盤」要沉靜安穩多了；只有落玉盤，沒有錯雜彈。

淑芳說只有蓮葉看著單調寂寞，去買了一株一尺高的長青水草插進蓮缽。那一缽蓮葉走進來一位清麗佳人披著綠衫佇立水中央。

佩珍和慈萱家也是水缸置放，清水小魚打點周全。我家的先生找了兩個大湯碗、一個廢棄的比湯碗還小的花缽，放些水就植進了蓮葉根；比起淑芳家的金枝玉葉，我們是窮人家的孩子隨意養。

一天淑芳傳來圖片，一缽前兩天還綠油油豐沛飽滿的蓮葉，被打家劫舍搶走了葉子只剩一罈混濁的泥漿。那位清麗佳人倒臥泥漿邊我見猶憐。

養蓮族群的典範遭受這樣的打擊，像晴天霹靂我們都受到震撼。第一個想到的兇手是兔子，而且是一窩兔子。佩珍說：「兔子怕水，我看該是愛玩水的浣熊。」

長工在後院牆角裝了一台錄像機，淑芳第二天就傳來浣熊爸爸媽媽帶著兩個孩子戲水遊樂的錄影帶。牠們並不吃蓮葉，只愛跟水做朋友。跳上跳下，進去洗澡打架不亦樂乎。三缽蓮葉是牠們夜半的遊樂場。

看著蓮葉成長的我們早已生出一份難以割捨的感情，大家上網查詢提供意見：嚴實封閉籬笆進出口、放置內有食物的鐵籠子、放幾個廢棄的網球吸進浣熊討厭的氨氣、沿著院子角落噴灑強烈的辣椒水。

長工不敢怠慢，像小學生做功課，一一用心完成。他每天還要為蓮缽換水，把歪倒的蓮葉扶正，為浣熊錄像，累得人都瘦了幾磅。

錄影帶裡還是浣熊快樂戲水的鏡頭，逗留的時間越來越長。長工最後決定晚上九點以後替蓮缽上加木蓋放上磚頭。浣熊再是愛水，有了木蓋和磚塊的絕緣，錄像帶裡牠們轉動圓滾的身子，張開好奇的大眼睛，彼此相問：我們的快樂時光怎麼就一去不復返了？

一天淑芳夫婦來我家晚餐，一看錶，喔呀！九點了得回家放蓋子，蓮葉已經結了個小花苞要小心庇護。

在那樣跟浣熊搏鬥的惡劣環境裡還有了小花苞，是養蓮群裡第一個傳出喜訊的。

接著佩珍傳來她家蓮葉也結了第一個花苞，帶來第二個喜訊，我們有了雙重的期待。

又一天，第二的佩珍搶了第一，不但開了第一朵花兒，還結了第二個花苞。

淑芳說她家的花苞外表有了點點黃斑，病懨懨的，怕是白歡喜一場。長工帶著悲哀的聲調：「晚上蓮葉也要張開眼睛看天上的星光，打開肺葉呼吸夜間的清涼。可憐的花苞被我們悶壞了！」

佩珍除了照相存證，還製作成錄影帶。淺淺粉白的花兒向養蓮群的朋友展露秀麗的笑容。

過幾天，佩珍就送來第二朵花兒的照片，她嬌小玲瓏站在第一朵花兒旁邊，欲語還羞凝眸相看。

給李老先生寄去照片和錄影帶，他在電話裡笑得呵呵呵：「好！好！我的蓮花有了後裔。」

慈萱和我們家蓮葉長得墨綠油亮，沒有一絲開花的意思。慈萱說等明年再看自家的蓮花吧。有蓮蓮綠葉就有美麗的盼望。

千呼萬喚始出來

偏愛蘭花，淵源於台灣。

每年回台灣住二弟新店的高級大廈。十幾層樓的大廈，公寓底層是不住人的。中庭式的空間有圖書室、游泳池、人行步道外，其他空間全部建成小植物園般遍植各種花卉樹木。其中一鉢鉢紫色蘭花攀附吊掛樹枝，萬綠叢中一點紫，深藏不露，有深閨夢裡人的含蓄孤傲。台灣每次停留一個星期左右，每日清晨漫步，跟幾位林間閨秀日日相見，培養出一份親密的感情。這種單獨面對面的觀賞自是與喧鬧的花市不同。妳讚美它的孤芳自賞，它分享妳的旅途勞頓，一切盡在不言中。不在乎今年的麗人是不是去年的閨秀，看著都是喜歡。

回德州達城，店鋪沒有看到那種深谷幽蘭。蘭花品種上百，也和人的臉孔一樣每個不同而又有脾性差異。

達城的超市花店都有蘭花。一鉢裡兩三枝伸長著一尺多長纖細的脖頸，頸端一串三四朵或五六朵顏色齊一的花兒，安靜的獨自站立一方天地，枝垂花展一份開天闊地的大方。

買一鉢搬回家，不同的姿態顏色牽引出紫色美好的記憶。

我開始了漫長的養蘭生涯，前後養了不下十幾缽蘭花，是最普通大眾化的那種，該是很好養的，但是攤開我的養蘭史是一頁褪色的空白。每一缽都只是一次性花兒豐盛的見面禮，往後花朵先後飄落，只有幾片綠葉還撐持著以極慢的速度生長。

沒有花只有葉也就沒有特意去照顧，像失寵打入冷宮的妃子，再次照面已是人老珠黃，不堪回首。

不記得那些花缽去了哪裡，一年一缽有時兩缽的大概堆在後院的哪個角落，被蔓草掩蓋不復再記得當年的嬌豔。

那以後就不再養我喜愛的蘭花。

幾家朋友養的蘭花，花開花落年年換新，真像變魔術般讓我歎為觀止。甲說蘭花放在廚房西曬窗台上，按時澆水上肥，到時自然開花。乙說放在面西走道，陽光、水和養分一樣不可少。丙說我的蘭花都放在浴室地上，上有天窗陽光的照耀，下有水蒸氣的滋潤，按時澆水上肥，每年花開豐盛。

澆水施肥我從不怠慢，只有天上的陽光摘不下來。屋子前後左右都繞著茂密的大樹和遮天的綠葉。前年為草坪請命忍痛砍除前院兩棵大樹，草坪沐浴在陽光下笑臉迎人有了綠意，屋子裡透過窗櫺也有了些稀薄的陽光，想著試試也許能養出一缽肯花開二度的蘭花來。當然有三度、四度，一年一度的花季那就該讓我從夢裡笑醒來。

於是，家裡又有了一缽睽別多年的蘭花。從早晨到黃昏隨著光影的移動，搬動它纖瘦的身體。春夏秋冬搬來移去。

第一次花期後，它們似乎記得歷史的腳印，只有綠葉依然安靜成長，花，還是如戒嚴期的謹慎不越雷池一步。

一次看朋友丁把她的蘭花缽放在水龍頭下面沖水。她說：「妳不知道嗎？沖透水瀝乾一會兒再上肥。我的蘭花這樣照料，年年開花。」

回來抱著僥倖的心裡試試看。既然追光族的辛苦都走過了，十天一次沖水施肥就是小事。

幾個月過去，還是幾片豐滿的綠葉，撐著細長孤寂的枝條。

春天來了，前院後院的樹葉抽芽，花兒含苞，只有屋裡的這缽蘭花無關風月冷暖安靜度日。那天替它沖水時一顆黃豆大的小顆粒站在眼前，左右仔細察看，沒錯，是千呼萬喚終於姍姍來遲的花苞。這一喜簡直像中了彩券。展示給先生看。先生戴著老花眼睛觀看一番，問一句：「妳確定這是花苞不是枝條？」

枝條慢慢抽長，花苞漸漸加多，數一數前後上下有七粒。想像著七朵蘭花盛開的風貌，將帶給我們這陽光黯淡的屋子多少春光明媚的喜色。

生如春花

妹妹生兒子的時候，妹夫一通火急的電話把我叫到醫院。潛心信佛的他立刻走出產房，直到他的兒子呱呱墜地的哭叫聲也沒能把他叫回來。事後他跟我說：「姐姐，我真的不敢看那……場面！」

嬰兒一聲啼哭，妹妹鬆開握緊我的手，汗水浸濕的臉龐上，眼簾極度疲憊的合上了，向世界宣言：「我好累，要好好的睡一覺。」

毛柔柔的小男孩裹在潔白的毛巾裡，送到妹妹的床邊。妹妹立刻張開眼睛，像從遙遠的夢境裡回來了，眉開眼笑的望著面前粉嫩的小臉蛋。

窗外一束春日淺淺的陽光，映照在這對母子的臉面上。妹妹散亂的髮絲，倦怠的笑容，望向嬰兒那粉嫩靜柔的面容，眼裡滿是豐足的喜悅。

二十多年後，我到洛杉磯妹妹家做客。當年毛柔柔的小嬰兒，長成了高大健壯的大男孩子，名叫修賢，醫學院剛畢業，正在做實習醫師。

第二天清晨，妹妹還在樓上沉睡，我維持多年早晨出門走路的習慣走出家門。聽到後面有腳步聲，一回頭竟然是修賢。

「聽到姨媽出門的聲音，我也想晨間出來走走。」我們邊走邊聊，說些他實習醫師的事情。我問他有沒有合適的女朋友。

「這邊認識一位女醫師，我們交往一段時間，她突然跟我說要分手。」問起原因來，修賢期期艾艾的：「她說……我有憂鬱症的傾向。」

他說自己有時是有些感覺，像是情緒不很穩定，對事情常常覺得沒有希望，無緣無故的會哭起來等。

事情的起因要追溯到他在東部紐約讀醫學院的時候。那時他認識一位叫莉莉的女朋友，對他非常疼愛照顧有加。有一次他扭傷了腳踝，莉莉白天黑夜的推著輪椅來回於教室、寢室間，讓他不會耽誤學習的課程，不會三餐不繼。

畢業後，他的母親一定要他回西部來工作，而他又沒有一句對莉莉承諾的話語，莉莉就不敢貿然辭去自己高薪的工作，跟著他到西部來。

這樣一東一西的距離，讓另外一個女人插足了修賢的生活，又抽離了他的生活。他，徘徊在憂鬱症的邊緣。

我勸他回去找莉莉，對他那麼眷念又照顧的女人。

「她……會原諒我……嗎？」

「如果她真的曾經那樣認真過，應該會的。」

兩年後，我去參加他們的婚禮。站在牧師面前像金童玉女的兩個人，在牧師宣布成為夫妻後，彼此抹去眼簾間幸福的淚水。

經過八年長跑，他們經歷了秋霜寒冬。修賢走過了憂鬱的陰影，迎來了新生的喜悅，如春花般燦爛美好。

單親鳥媽

後門外有一方小庭院，鋪了水泥，搭了頂棚，放些做院子的工具。這樣的天地，美國人有個名詞叫patio，我稱它為後廊。講究的人家後廊擺設室外桌椅，裝飾幾缽綠枝花卉，清晨喝咖啡，讀報紙、雜誌新聞，傍晚邀三兩好友在黃昏的廊簷下聊天、喝啤酒、打橋牌。

我家後廊粗俗得像農家廢棄的倉庫，靠左邊的木板牆隨便放置些圓鍬、榔頭、掃把畚箕。後來家裡買了兩個全新的大書架，原有的一個木造五格書架就搬到後廊靠牆放了，算是唯一較有氣質的裝飾。

書架的第二層最順手，放了三個裝生菜的塑料盒，分別放著剪刀、手套、帽子、防蚊油、抹布等，讓我在後院收穫絲瓜、秋葵時不必彎腰屈膝就有隨手可拿的工具。

那天到最右邊的塑料盒拿剪刀，突然一個閃電飛奔而出的東西，我嚇得往後倒退幾步，張眼四顧，後院安靜一如尋常，沒有異樣。

看那盒子裡有一小捆像是隨手拔除的野草堆放著，想是先生惰性，一束拔除的野草隨手亂放。正要把它丟棄，想著剛才飛奔的東西，擔心裡面不知道藏著什麼暗箭，不敢隨便動手。

後來也就忘了這件事情。

幾個星期後，我又在盒子裡面找東西，又是一個劍一般飛奔而出的東西。這次看清楚了，是一隻比麻雀小、比蜂鳥大的小鳥兒，牠停在後院籬笆上望著我。

我低頭向草叢望去，驚得我眼珠都要掉出來。草叢下方嵌著個直徑三公分的小圓窩，一個剛孵出來比彈珠稍大的小肉球，張著黃色外殼的小嘴要東西吃，旁邊躺著三個鵪鶉蛋大小的鳥蛋。

鳥媽在籬笆上保持距離的瞪著眼看我。

聽說如果孵出的小鳥沾了人氣，鳥媽媽就會棄養。我趕緊退回屋裡，隔著玻璃門，讓先生和女兒來看這道風景。

女兒眼力好，說鳥媽已經回窩裡了：「牠不會輕易離開牠的孩子們。」

先生眼睛近視，拿著望遠鏡：「從來沒見過這麼小的鳥兒呢！」

我們都想不明白，這樣袖珍的鳥兒，怎麼能銜那麼多粗糙的草築那樣隱蔽而靈巧的窩。

鳥媽腹部一抹鵝黃增添牠的秀麗。

唱過一首歌：「小黃鸝鳥兒呀，妳可曾知道嗎？馬靴上　著龍頭鳳尾花……」不知牠是不是歌詞裡的黃鸝鳥。

我們家三個人日常生活新添了一份關心與喜樂。

一天好眼力的女兒歡呼一聲：「另外三個鳥寶寶也出來了。」

從那天開始，很少看到鳥媽蹲在窩裡的時間，偶爾見到也是驚鴻一瞥，應該是忙著餵養四個孩子找口糧。

中學時背過白居易的〈燕詩〉：「樑上有雙燕，翩翩雄與雌。銜泥兩椽間，一巢生四兒。四兒日夜長，索食聲孜孜。青蟲不易捕，黃口無飽期。」

詩裡是鳥媽鳥爸雙燕撫育四個小燕兒，我家鳥窩從來不見鳥爸，牠是辛苦的單親鳥媽。我們不知道該怎麼幫助牠，連看牠都要隔著玻璃窗。炎炎夏日，鳥媽辛勞工作餵飽這四張黃口。

先生偷偷在書架邊每天撒些小米，放一小碗清水，是唯一能幫得上的忙。

女兒和先生都質疑：「來回餵食的就沒有一次是鳥爸？」我說：「從頭到尾沒有兩隻鳥兒同時出現過，看到的只有一隻鳥媽來回奔波辛苦。」

女兒用偵探的眼神日日向我們報導案情的進展：最早孵出的那隻長了細細的絨毛，牠能跳到窩外張眼看人了。牠長了更多的羽毛，翅膀比昨天硬些了。其他三隻小鳥都一樣的成長，都跳進跳出鳥窩，鳥窩給牠們蹦跳得鬆垮了，好像輕度颱風過境，房子缺了瓦，斷了牆。

那天女兒興奮的歡呼：「小鳥飛走了一隻。」

上個週末我們出門兩天，回來後女兒報告：「兩隻小鳥都飛走了，剩下最後一隻正在練習飛行。」

我想用完晚餐就去跟最後的小鳥話別。一頓飯的工夫竟然鳥去巢空，我貪吃誤了鳥兒的約會。先生拿著望遠鏡：「以後這望遠鏡只有望巢興歎了！」

〈燕詩〉後面寫著：「一旦羽翼長，引上庭樹枝。舉翅不回顧，隨風四散飛。……卻入空巢裡，啁啾終夜悲。……。」

單親鳥媽沒有回巢啁啾，她和孩子們隨風四散飛。

先生說：「鳥巢暫時不要丟棄吧！」

輯一　老

老來不相忘

黃昏的光輝從窗外斜照在先生半白半灰稀疏的頭髮上，他專心低頭吃飯，我也看得專心。怎麼有人能這樣專注的享受食物，心無旁鶩的像在完成人生一樁重要的任務，我感動得一時眼眶都潮濕了。

內心忽然一驚，怎麼我都跟這人相處五十年了。窗外一隻藍雀從石墩上喝完水振翅高飛，時光就是這樣飛著過去的。

我們都老了。

一天黃昏時分，我們倆在廚房飯桌邊對面坐。桌上的燈還沒有開，窗外的光隨著陽光的殞落已經暗沉。他忽然說一句：「太太這樣看著，臉面輪廓還是很美好的，跟年輕的時候沒什麼不同。」

這話聽著有些陶陶然，如果他沒有立刻換景上演下一段：「臉上的皺紋、斑點都看不清楚了。」

都是從年輕走向年老，都有陰影裡和陽光下差異的臉面線條。

那天晨走，忽然看到先生的肩頭拱起一塊，像多年前女士們流行的墊肩，不過先生的是連背都墊高了，像扛著個絲綿薄枕頭。心裡暗暗吃驚，怎麼肚腩上的贅肉長到肩背上來？我從後面叫一聲：「要挺胸啊！」

那枕頭不是一天扛上去的，也就不是一天放得下來。

年輕時一次約會他來晚了，遠遠看著他穿著筆挺服役的軍服，快快小跑步過來；那樣直挺身材，從不覺得有一天背上會有歲月添加的包袱。

偶爾他會拍打我的肩膀叫：「挺起腰來。」彼此都知道我們老了，老得不能忍受對方變形的身材。

常常利用走路的時間，背誦一些平日耳熟能詳的詩詞。以前記得滾瓜爛熟的，現在記得零零落落。有一天他說：「沒關係，什麼都能忘，只要我記得妳，妳記得我就好。」

男女朋友十分親密的時候，現在也只記得幾個影片的片段。陽明山歸來的黃昏時分，風吹得輕柔，他不經意的把手搭在我的肩頭，唱起他喜愛的那首〈憶江南〉。最後一句歌詞是「離別時我們都還青春年少，再見時又將是何等模樣。」那一個黃昏的柔風和他傷情的歌詞，這麼些年沒有淡忘。

那時不覺得自己會跟他白頭偕老，我的朋友們都不看好這段感情路，她們覺得他比我年輕，臉面出色一對桃花眼很招蜂引蝶的。

竟然沒有跟他離別，從青春年少走到了年老的模樣。年少時有過年少時的彆扭，經過一生歲月的磨合，磨走了彼此的稜角，溫溫順順的過起老人家的靜好歲月。

每天清晨我要提醒他喝杯溫開水，量血壓，吃心臟藥。他會問我：「昨晚胃酸鬧得可還好？」晚上更像山歌對唱：「吃藥，吃藥，藥吃了沒有？」

兩個人的世界有了些碎碎唸，屋子裡有了唱和的聲音，雖然沙啞卻是熱鬧的。老伴間的熱鬧透著一種熟悉的親切。

不久前的一天，先生感慨的說：「妳說婚姻的事情真是奇怪的緣分，當初不被看好的一對也一起走過了一輩子。妳倒是怎麼東挑西選的就選到我了呢？」

都一起過了五十多年，他還問這沒有答案的問題。

當年不看好我們未來的朋友們，也都一對對走到了老年。我們一年回台灣見一次面，看望彼此老了的樣子。

偶爾也會傷春悲秋感歎歲月的消逝，在舉杯動筷間笑看彼此臉面風霜，細數走過河山。是誰一聲吆喝：「來！人生幾何，理當對酒高歌。」

我和先生互相舉杯。想起先生說的那句：「什麼都能忘記，只要妳記得我，我記得妳就好。」

他也許早忘了說過這句話，我卻是一直記得的。

母與女

女兒四歲時的一天，忽然放下玩了一半的積木跑過來抱著母親的腿：「媽媽，妳不要死。」大顆的淚水流下來，接著傷心的哭泣。

母親擦乾洗碗的手抱起女兒：「媽媽不會死啊！」「人家說人年老了就會死。」「媽媽還沒有老呀！」女兒更是放聲大哭：「妳老了我也不要妳死。」

母親感受到女兒巨大的疼痛從抽泣震盪的小身體裡傳送進母親的心裡，母親承受更大的痛卻不能哭泣。

多年後女兒長大成人，帶著些笑謔的說：「媽媽妳怎麼能說那樣的謊話騙小孩子。」母親想了好久才想起那句話是：「最近科學家發明了一種藥，吃了人就不會老。」

女兒停止哭泣：「真的嗎？」母親展開笑顏：「真的。」

女兒擦乾淚水快樂的跑去繼續玩她的積木。

女兒長大了，謊言再不能安慰她的傷痛，母親只能默默的分擔。

年輕的女兒發現卵巢長了腫瘤，要開刀後確定是好還是壞的東西。母親特地飛到女兒的城市，陪女兒開車回小城的家過聖誕節。一路上兩個人說說笑笑，特別營造一份快樂。母親和女兒都不想碰觸那未知的好與壞。

檢查結果，女兒的腫瘤不是癌症，母親的臉面展開幸福的笑容。

女兒婚變後，深夜裡貓行的腳步來回敲打著母親的心靈，很輕的腳步很重的敲打。母親但願挨受重些的敲打，如果能減少女兒獨步的艱難。

母親攙扶著女兒，穿越昏暗的樹叢走向明亮的朝陽。

母女倆就這樣走過那些陰雨晦澀的日子，女兒大了，母親老了。

女兒每天起床後的第一通電話問：「媽媽妳昨晚睡得可好？」第二通下班後的電話問：「媽媽妳今天的心跳正常嗎？」

第一通是要知道母親昨晚的胃酸逆流鬧得可兇悍，第二通是關心母親的心律不整今天有沒有發作。

母親的回答是打了折扣的真實，帶著善意的謊言。「昨晚胃酸很乖，沒有吵鬧。」「今天一天心臟的跳動是七十上下，很正常。」

母親不願為女兒的生活增添更多的壓力。

女兒在一個癌症治療中心做藥劑師，每天面對或輕或重的癌症患者，承受許多臨終病人的疼痛與絕望。病人們跟女兒由最初陌生的接觸到最終熟悉的朋友。

朋友有著一定的感情，他們的離去讓感情有著一定的衝擊。

「今天得肺癌的馬克走了。」「那位年輕得乳癌的琳達今天去世了。」「媽媽妳記得送我蘭花的茱莉嗎？……」

女兒聲音哽咽，母親伸手遞上紙巾，眼睛也潮濕起來。女兒帶著歉意拍拍母親的肩頭。

女兒常常帶給母親一份意外的驚喜：兩套毛料的內衣褲、一件輕便保暖的羽絨衣、一瓶美容的新產品、一個大屏幕的電腦、一個最新的iPad。內衣褲、羽絨衣為怕冷的母親保暖，美容新產品要留住母親美好的容顏，大屏幕的電腦和最新的iPad是增加母親閱讀和寫作的便捷。

女兒去看每年聖誕節演出的電影《孤星淚》。先說要帶母親一起去，後來改變主意：「媽媽我先去看一遍，看看內容情節是否適合妳看；妳這人常常是很情緒化的。」

看完後，開車回家的路上打電話跟母親說：「媽媽，好好看啊！下次我帶妳去看，完全沒有太讓人感傷激動的場面；妳一定會喜歡。」

母親感歎除了給女兒更多的愛，沒有其他能力，只有盼望著科學家們快快發明那吃了就不會老的藥。四歲的女兒那句「妳老了我也不要妳死」的話語和哭泣牽繫著母親的心。

稀疏白髮話滄桑

認真看待自己頭髮的時候，是師範畢業以後。因為那時自己才真正是頭髮的主人，要長要短，要直要捲，都隨自己的心意。

我喜歡直髮，清湯掛麵好梳理。到了一定的長度，就紮兩條辮子，安心做個學生心目中的「小老師」。

長髮到齊腰的時候，實在洗頭、梳辮子都太耽誤時間，第一次剪短燙起頭髮來。燙前特別把一頭長髮披散開來，去照了一張「最後的長髮」照片以為紀念。燙髮小姐替我包好剪下的頭髮說：「以後可以做假髮，比買的假髮好。」那是儲存一段生命中的記憶，我仔細小心存放收藏好多年，直到要來美國整理行裝時狠心一甩，終於跟那段長髮披肩的詩意年華說了再見。

剛開始長出些白頭髮的時候，看到人家寫關於白髮的句子，像白髮是智慧的象徵等，就覺得白髮也不是什麼不好的事情。

後來白髮越來越多，智慧一點沒有長進，內心有油然而生的恐慌，對這黑白頭髮的變遷有了額外的關心。

朋友的先生在布拉格的大學做交換教授，一次他們夫婦回台灣度假，邀請我跟他們一起去布拉格做客。

她先生白天要去學校上課，我跟朋友穿著厚重的冬衣，穿行在布拉格鋪滿磚塊地面的舊城與新城之間。雖然凍得臉頰通紅、牙齒打顫，日子還真是過得悠閒自在。許是太過悠閒，有一天朋友說：「我來幫妳染頭髮吧，很簡單的。」以前剪髮、燙髮時，小姐們總是笑著說：「頭髮染一下吧，至少年輕十歲啊！」我猶豫著一直下不了決心，怕朋友親人忽然認不得我。現在遠離家園，沒人認識我是誰。朋友又勸說加鼓勵，我那一頭半白的頭髮，就在朋友的擺弄下，變魔術般黑幽幽覆蓋著頭頂。

她先生教書回來，哦呀一聲：「布拉格的春天來得這麼快啊！」

那以後頭髮就在一兩個月要挨受一次「刑法」的修理下過日子。我的確認為染髮是一種極不愉快的過程。看著小姐把兩瓶小小的液體，摻合後往頭髮上塗抹，然後用透明塑膠袋嚴密包裹。過程中有時頭皮局部奇癢或隱隱作痛，小姐趕快打開塑膠袋問「哪裡哪裡」，一邊揉揉弄弄，覺得做錯了事情般的表情透著慌張。我覺得頭髮上了毒藥，滲透頭皮。

後來簡便到自己可以洗頭就能順帶染髮的年月，我早已不再忍受染髮如上刑的痛苦。偶爾碰到有朋友說：「妳灰白的頭髮，配這件灰毛衣，真好看。」也暗自高興一番。

「執象而求，咫尺千里。」苦苦追求要找回以前的黑髮，黑髮卻早已飛奔千里外，就安心的做個白髮族吧。

真正讓人看了心驚的，不是頭髮顏色的變白，而是髮絲跟頭皮開始脫離關係，白髮一點不眷念頭皮的養育之恩，每次好幾根的離家出走，永不回頭。

女兒有一次說：「媽媽，哪有把一頭直挺挺的白髮夾在頭頂上的？妳去把頭髮燙了，波浪捲曲，頭髮看起來顯得多一些。」

那種稀疏燙過的頭髮，鬆散彎曲覆蓋在隱然泛紅的頭皮上，看著像穿了漏洞的衣服。我把白髮用小髮夾一根根貼緊頭皮，掩蓋些透視的空間，有些隱密的遮攔。

女兒說：「那就戴頂假髮吧！」

頭髮真假一眼立辨，騙不得人。去年跟團去黃山旅遊，團員裡一位八十二歲的女子，那一頂黢黑的假髮顯得沉重，身體有些不勝負荷的虛弱。另一位四十幾歲滿頭白髮披肩的女子，風兒一波動，一份飄逸飛散開來。她聲音清脆，身手敏捷，是一位年輕的白髮麗人。

最近讀董橋的散文，提到林海音先生八十二歲生日會上說的幾句話：「皺紋是因為傻瓜相機好，滿頭白髮是成熟的表記，手上青筋暴露是勤勞的記號。」心裡暖烘烘的一陣安慰。

他在另一篇〈卜老滿身酒香過竹院〉的文章裡：「銀白的頭髮稀薄而留得住年輕時代的飄逸。」形容名記者兼專欄作家卜少夫先生老年白髮的情境。

帶著一頭稀疏白髮安心過日子就好。

永遠的兄弟姐妹

五十年前寫過一篇題為〈兄弟姐妹〉的文章。那時臉面沒有紋路，心思單純白淨，大家都年輕得像奶油般光潤鮮亮充滿營養。弟妹們以公雞司晨的宏亮啼聲，「大姐，大姐」的叫喚著我。

五十年過去了，走過的歲月一樣長，生命的顏色在各自的畫布上塗抹出五顏六色各自不同的畫面。

大弟小我兩歲，心性仁厚慈悲，個性有些軟弱，但是極有恆心、毅力加努力。讀高中的時候，每天早起在眷村狹窄的前院朗讀背誦英文課本，下雨天穿著雨衣照樣朗朗誦讀。對門鄰居說：「你們家大哥是要出國留學吧！」

那個年代出國在我們家是攀爬天梯的夢想，大弟憑著他的努力加毅力，自己爬上了天梯的繩索。

他到澳洲學紡織，學成返國在一家頗有名氣的紡織公司任職。兩年後，他自己組公司，做得有聲有色。

四十五歲剛過卻突然中風。他說：「姐姐，我這一跤摔得好慘。」商場上養成的喝酒、抽煙、打牌的壞習慣都被中風吹得四散飄落，以他一貫的毅力恆心重新整理自己的生活，規律得像機器人按部就班。

沒有想到這中規中矩的步道裡會走出了離婚的岔路。

他百般委曲求全，像犯了過錯祈求母親原諒的兒子般，還是挽不回太太的心。後來知道太太在美國有了男朋友才放棄了希望。

我已在美國居住多年，每次回台灣住大弟家，聽他大聲哼起「我好比潛水龍困在沙灘，我好比籠中鳥插翅難飛」的戲詞，都不知道要怎麼安慰他。

一場噩夢過去後，大弟再次振作。他拖著歪跛的右腳，舉著顫抖的右臂，天天爬山運動，風雨無阻。電話裡跟我說：「姐姐，我告訴自己，一天不運動，就減少一天的生命。」

回台灣我跟他一起爬山行走，我累得汗流浹背、氣喘吁吁，他老遠跛行在前叫喚著：「姐姐，妳要多運動啊！身體比什麼都重要。」

想起那年我大病初癒，他買了補品來看我。同樣如父親對女兒的叮嚀：「大姐，這些補藥一定要吃，身體比什麼都重要。」

我的汗水和著淚水分不清。

這些年大弟得了食道癌，受盡了化療、放療的折磨，身體一年不如一年。每年一次回台灣，難免聽到他唉聲歎氣。氣儘管歎，他說全身疼痛的地方很多，不痛的地方就還是要動。那困在沙灘的淺水龍、圈在籠裡的籠中鳥永不放棄希望。

他永遠是我不屈不撓的大弟。

差我八歲的二弟初中畢業就因為家境艱困而投考空軍幼校，開啟了他一生軍旅生涯的門扉。他圓圓臉、深邃眼，初看不太像我們家的孩子，有點外國血統的面貌。

二弟從幼校到官校到參謀大學、戰爭學院，一路學習一路晉升，以空軍中將退休。

二弟生性樂觀，加上軍旅說一不二的長期訓練，一出口有一股豪邁的草莽氣息。他見多識廣，任何場合都是談話的中心人物，摻雜著些許幽默笑語，滿桌人嘻嘻哈哈，像二弟的口頭禪：「非常愉快！非常愉快！」誰能不愉快呢？他爽朗的笑聲、快樂的顏面，把人們都帶上歡樂的高峰。

年過七十的二弟，聲音宏亮如昔，笑容愉快如昔，將軍威儀的臉面增添了幾許祥和慈愛，抱著孫子笑得滿頭白髮晃動。

前年，他兩次回大陸老家尋根，去看看父母成長的地方。當年窮鄉僻壤的小鎮如今已經繁榮興旺。因為是將軍，接待他的都是地方上頗有名望的人物。一次聚會，二弟跟他們談起，這條河上如果建一座橋樑會為人民帶來更多的方便。

回台灣半年後，便民的一座橋樑就完成了。信及照片寄給他，他高興得手舞足蹈。連連說著：「太好了！太好了！」接著是他的口頭禪：「非常愉快！非常愉快！」

大妹小我十歲。小時跟我擠一張床，冬天冷夜漫長，我擁著她入眠，像母親護著怕凍著的女兒。漸漸長大的她，出落得水靈秀麗，臉面有一份觀音菩薩的雕琢影像。

也是四十多歲第一次中風。我飛去加州看她，病床上她兩行清淚，「姐姐」哽在喉頭叫不出來。第二次中風後，人瘦了一圈，走路靠四輪助行器。情緒失控時電話裡向我哭訴，那一聲「姐姐」伴隨著顆顆淚珠，是天地間沉重的呼喚，是生命長河裡黯淡的水滴。

歷經時光洗煉，她漸漸走出了陰影，接受了既成的事實。「姐姐」的叫喚聲輕飄了起來，有時還透著些歡欣。

病痛帶給她最大的獲益是心境的轉變。

父母過世一點微薄的遺產，她跟弟妹爭得緊。「為什麼是嫁出去的女兒潑出去的水？我就是要我該得的一份。」

現在的她看到了生命的無常，萬事不須計較。

從此什麼事都是兩個字：「都好！都好！」

這樣看破紅塵般的萬事不計較，所以台北眷村搬遷改建成新的大樓，一戶三千多萬的房子，我和大妹毫不考慮簽字放棄繼承權。兄弟姐妹一團和氣的維繫著彼此的親情，真是上天的恩賜。

小妹小我十四歲，小弟差我十五歲。是我們家最聰明的么女么兒。小妹大學畢業申請到美國大學直攻博士。這麼多年後我們一直不知道是外在的刺激還是內在的遺傳，讓她一年後精神失常。

才二十三歲的小妹，走上了一生跟病魔糾纏的艱苦道路。

每年回台灣到療養院去看她，她抓著我的手：「姐姐妳是來帶我回家的嗎？」

那一聲「姐姐」是極其沉重的負荷，重得腳上綁縛了千斤石邁不開腳步。我淚水漣漣，內心嘶喊：「小妹，但願我能替妳住幾天醫院！」

年過六十五歲的小妹，因為長期藥物的副作用，現在記憶力嚴重衰退；這毋寧是她的幸運。那一生不堪回首進出醫院打針吃藥、嚴重時捆綁手腳的淒慘歲月，能忘記就是大福氣。

現在請了一位印傭照顧她，把她打扮得乾淨整齊，養得白白胖胖，一副富泰女子的模樣，是記憶裡小妹最美麗的容顏。牽起她的手跟她說話問好，她笑著點頭。問她我是誰，她吃力的發聲：「大姐。」她日漸困難的發音裡這句模糊不清的「大姐」，是根小小的針刺觸動我內心纖弱的神經，欣慰裡帶著痛楚，痛楚裡帶著更多的欣慰。到底她現在過著正常的家居生活，不再是病院裡盼著姐姐帶她回家的病人。

聰明過人的小弟，小學五年級就自編自畫，一本本漫畫小冊子是同學爭相閱讀的書冊。高中開始接觸英文課，高三竟然出版了淺陋的英漢字典。

高中時期交了些邪道的朋友，青春叛逆讓父親多次跑派出所，讓母親流了多少淚水。晚年的母親常常歎息：「沒有生這兩個小的就好了！」

如今年過六十的小弟，思想還是偏激，行為依然乖張，但是已經虔誠歸依上帝。電話裡說：「我和小姐姐同住一個屋簷下，我們現在是相依為命。」還說要帶小姐姐去教堂讓上帝救贖她的靈魂。

翻開五十年前那篇〈兄弟姐妹〉，字裡行間洋溢著的青春永不再現。人生的道路上歷經不同的顛躓播遷，容顏不再清麗，步履不再便捷。感謝上蒼，我們都平安的走到老年的歲月。

大弟和大妹叫我姐姐，二弟一個拖長的姐……呀！小弟小妹還是叫我大姐。

我們是永遠的兄弟姐妹。

離情傷懷

離情是飽含著傷痛的。生命裡有三次離別在心底刻畫著幾筆印痕，從沒被歲月的移動撫平消弭。

十一歲的時候跟童年好友告別。我和她在廣州的黃埔島同學一年，在全部師生都以廣東話交談的族群裡，我們倆是外來的移民，不須翻譯能瞭解彼此的話語，造就了一段最親密的童年友情。

離亂的歲月加快孩子成熟的步伐，大我兩歲的她在日常生活中給我許多看得見、看不見的扶持幫助。像牽著妹妹的手，走在完全陌生的道路。因為有她在，無須問路，走得安心。

一年後，她隨父母回大陸，我們全家來台灣。她來道別的下午，我還笑著跟她搖手說再見，像明天我們會一起上學般。

黃昏時分，我忽然意識到從此再見不到她，一股突然升起的傷痛，像腳底踩踏到一叢野地的荊棘，痛得大把的眼淚一發不可收拾地落下來，滴落到深夜累極睡去。

第二天那份悲痛沉住心底。天真孩子一夜長大了，知道生活裡除了相聚的歡笑還有離別的淚水。

二十多歲談了一場戀愛。因為是第一次，分手的時候就特別傷心。當時他生活清苦，我的生日只能送我一本《泰戈爾詩集》，下雨天他卻把傘嚴實地遮住我的身體，讓自己半邊身子淋成落雞湯，是宅心仁厚的男朋友。

跟他的戀情沒有結果，真正的離別卻是在我結婚以後。久久沒有音訊，那天收到他的來信：「我要結婚了。她是一位對我非常體貼的好女孩，請為我祝福。」

我落下大把的淚水，把短短的信箋潑濺得體無完膚。先生說：「妳不是總盼望他能找到好的另一半，那就不該哭了。」我揉碎了那張紙，心底有一份牽掛的釋放，正式地跟他宣告了道別。

沒想到他還沒有年老就離開了塵世，他的妻子寫信告訴我：「妳和我是他一生最愛的兩個女人，我應該讓妳知道他離去的消息。」宅心仁厚的他選了一位胸襟開闊的妻子，容得下丈夫除了她之外存在著另一份感情，讓我能跟他說一聲人天永隔的再見。

年歲漸老，跟朋友說「再見」不再是字面的單純，有時是永不再見的痛心。

她是小城認識的一位年齡比我大幾歲的老太太。老太太那時年過七十，身體健康堅實，精神活潑開朗，笑起來臉上的皺紋隨著聲音跳動著，是一種老年人才有的美麗。

跟她漸漸熟識起來了，是老年人君子之交淡如水的細水長流。一星期或是更久些見一次面，見面都是歡快地聚談。她習國畫多年，送了我一幅畫在絲絹上的工筆牡丹，寬三尺，長兩尺，非常豔麗精神，把我家客廳裝點得一室明亮光暢。

我們搬離小城，她來我家做客兩次。體態豐腴了，行動緩慢了，皺紋加多了，只有笑聲依然是一樣歡暢高昂。

前年她得了膽囊癌，動了手術，做了化療，病情穩定一段時間，最近擴散到身體其他部位。電話裡她說：「我都奔九十的人了，人生該走的路，該過的橋都經歷了，該去的時候，我也不會戀棧。」最後說落葉歸根，她要回大陸瀋陽的老家。

我回小城跟她道別。像所有的癌症病患一樣，她消瘦得厲害，蒼黃的臉面卻依然掛著堅持的笑容。她打起精神跟我談話敘舊，回憶裡都是點點滴滴的美好歲月。她笑得一臉堆疊的皺紋，條條顯示她溝壑的人生，深刻而睿智。

那天風和日麗，豔陽高照，天地如此清朗，我們進行著一場黯然的告別。我們緊緊握住彼此的雙手，眼裡隱然含著淚光，都知道這可能是一場沒有再聚的離別。她高聲對著我遠去的身影說：「到大陸旅遊一定要來瀋陽看我啊！我帶妳去看東北的好風景。」聲音裡是那樣充滿無窮的希望。而我知道那希望是極其渺茫的，像腳底踩著的影子，走著走著不知什麼時候就消失了。

輯三　病

大廳

這座在人們眼裡極尋常的大廳，對我和女兒有著不尋常的意義。它是一個舞台，我們是舞台的觀眾也是演員。

這裡是休士頓MD Anderson醫院專門替病人做Ct scan（斷層掃描）的大廳。

女兒住院時每星期一次到大廳的一個特定的房間來做掃描，我坐在大廳的沙發椅等待做完的女兒走出來。那時我不敢祈求壞細胞完全消失，但求它沒有長大。醫師說沒有繼續長大就是好消息。

女兒手術後每個月一次到大廳做追蹤檢查，後來拉長到三個月一次。我們陪著女兒進進出出，大廳的一桌一椅一台一櫃都像編列姓名般不須思索就能叫出名字。

在大廳走動的人們卻是每天不同的臉面，各自有著不同的身世。

今天的大廳裡一如往常，錯落坐著許多病人及陪伴的家屬。有第一次來探測壞細胞部位並確定良性或惡性的，有正在治療觀察它們縮小或繼續長大的，有像女兒這樣已完成治療看它是否再次回來的。

女兒在大廳裡行過從最初到眼前的每一步履，留下見證的痕跡。

今天是每三個月一次的複查，我們再次成為大廳短暫的過客。

我們左邊是一對中年夫妻，先生時不時的咳嗽幾聲，講話吃力含糊聽不清楚完整的句子。只有他的妻子完全明白他的每一個斷句，輕聲回應他的話語。他咳嗽時妻子一手托著他的前胸一手輕拍他的背部。

斜對面坐著一家三口。年輕的妻子頭戴遮掩光頭的帽子，身上披著醫院特別準備的熱毯，臉色蒼白，神情倦怠。旁邊是她年輕的先生，逗弄著更年輕的坐在嬰兒車裡的孩子，大概剛過一歲，也許還不到一歲，乖乖的含著塑料奶頭，一會兒咿咿發聲，一會兒咯咯清笑，小小頭顱忙碌的轉動在媽媽爸爸間，停留在媽媽臉面的時間更長，笑聲更亮。

右邊間隔三個沙發椅是一對年輕的男女。像是蜜月期，互相緊緊握著手怕對方迷失了方向找不到回家的路。男生的臉面留著短短剪得整齊的鬍樁。女的穿著時尚的連衣裙，青春的臉面有著青色的憂傷。兩個人的頭微微傾斜靠攏，不時說些悄悄話。不是手腕上帶著識別的標誌，看不出健壯男生才是生病的人。

其他人坐得稍遠，隔著廊柱、桌椅看不清他們的形貌。都是芸芸眾生普通生活的人們，到大廳來尋找一份期待的結果。

更遠的大廳那頭，一架超大的電視機，不知在播放新聞還是肥皂劇，有的人看著電視，有的人低頭打瞌睡。

大廳包容著五湖四海的人生。

義工們推來裝著各種飲料和小點心的專櫃，親切的為等候的人們倒咖啡、熱茶、熱巧克力，送上一塊小餅乾、幾顆巧克力糖，為大廳的人們添加一份溫暖和甜蜜。

孩子的媽媽被點名進去了，孩子立刻嗚嗚喔喔伸著小手找媽媽。父親把嬰兒椅前後左右推動，停不住孩子的申訴。父親抱起他繞著大廳走圈子，他張開眼睛找媽媽。父親後來累了，放他在地上爬行。孩子好奇的東摸摸西拍拍。他爬到人們的腳邊抬頭張望，每一張臉都不是媽媽的臉，他毫不疲倦的繼續找尋。

天色黯淡下來，叫到名字的人進去又出來，臉面平和，步履安穩。

終於女兒被點名進去了。

大廳二十四小時全天候開放，夜半時分，機器還在運轉，工作人員還在上班，病人和家屬還在等待。因為夜半，所有的聲色醞釀減少一半，喧譁比白日安靜了一半。只有大廳沒有因為夜半而縮小了空間，而撤退了熱情，它伸開寬闊的胸膛出借所擁有的財產，讓短暫的過客有一個可坐下的柔軟舒適的沙發，有一張可放置飲料、書籍雜誌的咖啡桌，有一面可觀看的大電視。給行走的旅人一處遮風避雨的驛站。

女兒出來，我們離開大廳，走過天橋回到醫院內的旅館，等待第二天跟醫師見面，聽取檢查的結果。

這才是讓人煎熬的等待，像等待判決的囚徒，直到醫師一句：「一切正常。」我長長的吸一口氣，女兒跟醫師擁抱說謝謝。

我們要開車回達城的家了。再次經過大廳，裡面又是一批不同的過客。我祝福他們都能聽到那句「一切正常」世間最美麗的語言。

走過抗癌路

二〇一五年的五月，女兒被診斷出得了Sarcoma的癌症，中文翻譯為「肉瘤」。是一種比較少見而難以治癒的癌症。

五月正是接續春天美好夏日的序幕，前院後院的玫瑰結苞的、半開的、盛開的，熱鬧的撐起漫天的喜氣。我們在這喜氣洋溢的初夏，牽著女兒的手走上一條艱難的抗癌路。

我們選擇休士頓的MD Anderson作為治療的醫院，從我們居家的達拉斯開車大約四個小時的車程。

醫院由好幾個不同的大樓組成，各大樓之間以寬敞的廊道及天橋連接著。因為世界聞名來自五湖四海的醫師、護士、技術人員，加上病人及家屬，組成一個小小的聯合國。每天穿越廊道與高大的樓層之間，看到各色各樣的人們，臉上掛著不同的表情行色匆匆，在同一個舞台演出不同的劇本。

高樓之間除了天橋，所有廊道都沒有讓陽光投射的空間，全靠人工燈飾的裝潢，營造出一條條寬敞明亮的廊道。

每個廊道的牆壁都以不同的主題掛著幾幅四尺見方的玻璃鏡框。這個廊道框住幾幅漂亮的花卉，那個廊道掛著幾幅美麗的風景，又一個廊道呈現出幾位工作人員明朗的笑臉。每個廊道是一個敞亮靜好的歲月步道，讓行過的病人及家屬在光亮裡暫時忘卻生命中的陰暗。

印象最深刻的是掛著康復後病人照片的廊道，從兒童到老年，都帶著燦爛如春花的笑臉凝注眾人。每次走過似乎都聽到他們因為歡喜而提高聲量的話語：「我戰勝了癌症。」

我眼裡充滿淚水，有一天我女兒的照片也會掛在這裡，我溫柔的撫摸她的臉向行過的人說：「這是我的女兒。」

我們住在醫院裡面的旅館Rotary House，經過連接的廊道可以走路到其他大樓看醫師做檢查。無須醫院外面的舟車勞頓，住戶只限於病人及家屬。我們走路行過廊道穿過天橋就可到女兒的病房。

先生有過三次心血管堵塞的紀錄，怕他太勞累，總讓他早些回旅社休息。我等到十點過後，女兒一再催促才獨自回去。平日足跡雜沓的長廊現在安靜祥和，天橋下平日熙攘的馬路都空無一人，只有紅燈閃爍，綠燈都停止了工作。世界忽然間只剩一個小小的我背負著重重的擔子踽踽獨行，心中升起一份天涯過客千山獨行的悲涼。

回到旅社房間，一盞柔和的檯燈照亮著椅子上看書的先生。他在等著我的歸來，我並不是絕對的孤獨。

女兒從得病到痊癒只有兩次落淚的紀錄。第一次是與主治醫師班傑明的會面。班傑明以治療肉瘤癌症的專長享譽美國，在美國極有份量的醫學雜誌發表過許多學術性的文章，有過多次獲獎的紀錄。

他七十多歲，早該退休，因為專業治療的口碑，留在醫院繼續做著救人濟世的功德。

他矮胖身材，滿臉和氣，張開笑容給女兒一個大大的擁抱：「I will make you feel better！」（我會讓妳感覺好起來！）放下擁抱的雙手，像變臉般轉為嚴肅：「but first I will make you feel worse！」（但是，首先我會讓妳感到很難過！）

那天晚上回到旅館，坐在沙發上，女兒靠著我的肩頭說：「媽媽，我要好好哭一場。I don't need to be strong all the time.」（我無須永遠強撐著堅強。）她要流盡一生的眼淚般哭得徹底的傷心，我擁著她讓淚水滴濕了我整片肩頭。

第二次是她剪去一頭漂亮的頭髮。

化療第三天頭髮開始大把大把撒落枕頭床單，像一坨坨密集死亡的黑螞蟻，看著怵目驚心。去醫院的髮廊剪除她一頭心愛黑亮及肩的長髮。滑落的髮絲纏繞著她生命中多少青春美麗的記憶，剪除記憶的傷痛讓她對著鏡子嘩啦啦淚水一流不可停。一瞬間一個光著頭顱、蒼白臉色、腫著眼泡、噙著淚水的女子站立我面前。她用如此陌生卻又如此熟悉的眼光望著我。

我們牽著手，抹去彼此眼裡的淚水。我看清楚她是我親愛的女兒。

要做七輪共三十五次的化療，每次連續五天。休息十七天再接續做下一輪。女兒的第一輪五次化療在MD Anderson進行。化療藥物點點滴滴進入女兒的身體，強烈的反應讓她只想像冬眠的動物蝸居洞穴。班傑明醫師說，只要能夠走動，就不能躺在床上。

那天女兒推著掛滿治療藥物的輪車，從十樓的病房下到她最喜愛的二樓。那裡是醫院唯一有直射陽光投照的庭院，擺設著幾張桌椅，角落有一個小小的咖啡鋪，中間一個賣禮品的小店面。

一方舒適的庭院，一簇溫暖的陽光，給女兒病中的世界一處休閒的適意。

我們坐在椅子上，女兒掛好尿袋騰出一隻手緊緊握著我的手。

「媽媽，不是妳和爸爸的協助和陪伴，我大概沒有能力自己走完這條路。」女兒眼圈一紅，「我很抱歉你們這樣大年紀要陪我走一趟這樣辛苦的路。」

晚上我在日記上寫著：

> 不必說抱歉，親愛的女兒。多麼長久的時間我們沒有這樣親近的共守日夜，共同攜手行走在同一條道路。有了彼此的陪伴，就沒有辛苦。

班傑明醫師同意我們第二輪到第七輪的化療回達拉斯的Presbyterian醫院進行治療。每做完兩輪去MD Anderson複查結果。

Presbyterian是女兒工作三年的醫院。她原就是腫瘤科的藥劑師，以前她替病人配藥，現在別人配藥給她。

都是認識的同事，川流不息來看望女兒，把病房裝點熱鬧得像每天開派對。送花的、送食物的、送雜誌書籍的、送一份關心的，都讓女兒蒼白的臉面泛起感謝的紅暈。

六輪療程做完，是化療的一個里程碑。醫師、護士給女兒開一個盛大的派對，恭賀她連續完成六個療程，沒有一次因為身體狀況不達標準而延期。不是每個病人都能這樣走過來的，他們說女兒是堅強的抗癌鬥士。

一張三尺見方的厚紙版掛在牆上，第一行大大的幾個中文字「我們愛妳」，下面是醫師、護士們寫下的英文留言及簽名，擠滿在鮮豔黃色的紙版上，凝聚著千言萬語的祝福與叮嚀。

桌上擺滿各人帶來的食物，自己精心製作的、餐廳花錢買來的，琳瑯滿目擺放滿滿一桌。女兒放開不適的腸胃，眼眶噙著淚光一點點消化大家奉獻的心意。

班傑明醫師說化療做完還要做放療，將腫瘤繼續縮到最小。腫瘤越小手術成功率越高。

化療及手術必須在MD Anderson完成。我們在休士頓租了一個兩房一廳帶廚房的公寓，安置成一個臨時的家。

因為腫瘤在左下腹腔，針對腫瘤放射治療，對其他器官傷害比較小。

二十八次的放療，女兒除了輕微的腹瀉，沒有任何其他不適。比起化療的口腔潰爛、吞嚥困難、斷續吐瀉、紅白血球數據急遽低落必須輸血等等的折磨，放療就是上天的祝福了！

每一次的放療都是一個奇蹟般讓我緊縮的心一寸寸開始放鬆。

女兒灰暗的膚色漸漸呈現光澤，蒼白的臉面染了淡淡的顏色，眉毛和眼睫毛長出再生的樁腳。最讓她興奮的是：「媽媽，妳看我的頭髮開始長出來了。」

我跟女兒住一個房間，晚上醒來窗外門燈隱約的光透過窗簾能看到女兒安詳睡眠的臉。光著的頭、白皙的臉是久遠前嬰兒甜睡的女兒。剎那間回到過往的時光——女兒牙牙學語，蹣跚邁步，一步又一步走過學習的青少年，走過奮鬥成長的中年，忽然毫無預警的走上這條轉折的道路。

看著，想著，窗外天色泛白，夜已經過去了。

放療做完要休息一個半月，讓女兒飽經化療、放療傷害的身體能獲得充分補充營養的機會，迎接手術的挑戰。

二〇一六年一月二十五日是女兒手術的一天。

事先手術醫師跟我們有過詳細的會談。他說了許多種可能：腫瘤轉移、左邊腎臟切除、手術傷到神經左腿腫脹麻痺疼痛、走路終身微跛。

晚間日記上我寫著自己的祈禱：

感謝上蒼憐憫女兒讓她行過了漫長的荊棘路，女兒能存活下來是上蒼賜予最大的恩澤。

祈求上蒼把每一筆的可能都減輕書寫的力道，讓女兒受到最小的傷害。

我們經歷了生命中漫長的八個小時的等待。

醫師穿著手術衣，戴著手術帽走出手術房跟我們見面。他還是原來熟悉的醫師，我卻有恍如隔世的陌生。

他坐下沉默半刻說：「腫瘤完全沒有轉移，左腎臟不必切除。縫合血管（把繞著腫瘤的一段血管一起切除，再縫合一段人工血管）傷到一些神經，左腿會疼痛，需要時間慢慢恢復。」

「不必再做化療和放療，六個月以後再來看我。」

每一句話都是雲雀對著我的歡唱，隨著歌聲我往上飛升到雲端，有輕微的風吹散眼裡粒粒淚珠。

冬日溫暖的陽光在窗外緩慢流動，是我這一生見過最燦爛明亮如滿天晶鑽的陽光。女兒還在恢復室，我不能讓她分享我膨脹的喜悅。但是，我們就要帶她回家了。

回到我們熟悉的家，生活回歸日常的軌道，我也恢復中斷多時的晨走。

多年來晨走都是行相同的道路，看一樣的風景，聽一樣的鳥語，聞一樣的草香。那天看到一家的草坪上有了不一樣的裝飾：幾片一尺見方的木牌，用拇指粗的鐵柱撐在草地上。一塊木牌上紅色的油漆畫著一顆大大的心被周圍無數顆小小的心包圍著，一塊木牌上是藍色的幾個帶著翅膀飛翔的天使，其他木牌上有美麗的花卉、茂盛的樹林，像是在草坪上開盛大的嘉年華會讓人目為之眩。我看到最大的木牌上面寫著幾個醒目的英文字：「Done With Chemo。」（完成了化療。）

幾個簡單的字讓我驟然間挪不動行走的腳步，被點了穴道般直直豎立在那片草坪前。女兒提著尿袋推著吊車的行走、蒼白昏睡憔悴的面容、隨著落髮滑落的淚水、握著我的手說歉疚的話語……點點滴滴化成顆顆淚珠滾動在我的眼簾。

我一步一回首，離開那片熱鬧的草坪。那草坪邊的人家，人家裡的病人，他或她還要做放療和手術嗎？

祝福他或她能如同女兒一般，走過艱難辛苦，最終平安順遂，完成一段抗癌路。

胃酸與睡眠

那天聚會時，朋友說最近胃有點不舒服。跟胃病搏戰經年的我，立刻關心地問起：「是怎麼不舒服呢？」朋友回一句：「妳感覺到它的存在了。」

原來身體裡一些器官是從來感覺不到它的存在的。不像口耳鼻嘴、手腳胳膊腿，妳看得到它，摸得到它，知道它們是我們身體的一部分。內裡的脾胃腎肝腸，眼不見為淨，跟我們就沒關係。

我是什麼時候感覺到我的「胃」的存在？那要追溯到六十年前讀師範學校時。

那天畢業典禮，我這服務股長不知為什麼急事，騎著腳踏車風風火火的辦完事回來，渾身大汗淋漓，一杯冷水下肚，只幾分鐘胃開始抗議，起先輕聲慢語，漸漸要弓腰雙手護著它，跟它好話說盡，後來就只差在地上打滾求饒。從此感覺到胃的結結實實的存在。

到底年輕，此後經年跟它不動聲色、不攀爬交情，我也淡化了對它的感覺，它幾乎又從我的身體消失。

再次感覺到它，我都五十好幾了。那時開餐廳，生意不錯，特別中午客人排隊等座位，恨不得關上大門停止營業。這樣緊張日子過了幾年，感覺到我的胃又回到我的身體。每天下午五點像報時鐘胃開始疼痛。是和平抗議的方式，不似三十年前的驚天動地，也就不去回應。

雖然步伐和平卻是累積點數的，最終成了無可收拾的胃酸逆流。

半夜兩點，胃酸是從夢中醒來的頑童，打拳翻滾快速爬上胸腔點把火。趕快起床，吃兩顆Tom's，喝口水澆熄那張揚的火焰。

完整的睡眠第一次被切斷，像切開一塊豆腐，不痛不癢不見血跡。

再次被它鬧醒是五點多，不想再吞藥只能起床。它乖乖的像不能見光般的幽靈悄然隱去。累積點數節節升高，它的精力越來越旺盛。有時每兩個小時一次沸沸揚揚，我從躺著到坐著，到站著，從床上到沙發到書桌，躲來躲去都甩不開它密切的跟蹤。從固體的Tom's和Nexium，到液體的Antacid liquid，輪流替換著吃藥。更嚴重的時候，白天它也放肆。好好站著，就一陣急火攻心。這毛病英文就叫 heartburn（燒心）。

一年裡也有一兩個月胃酸安靜西線無戰事。多半是炎炎夏日，它也避暑去了，還我一份寧靜的睡眠。

這些年對胃酸也摸索出一點因應之道，像修一門功課。什麼時候吃什麼藥，什麼時候躺、坐、站，不讓它有完全掌控支配權，讓我的胃酸跟睡眠勉強和平相處。

會不會有一天它得了失憶症，不再識得我這老主人？興許我也得了健忘症，癡鈍得感覺不到它的存在。那樣物我兩忘於江湖，不失為美事一樁。

病痛

活到這把年紀，一生經歷病痛無數，這次一個平凡的感冒引發了一段不平凡的病痛經歷。開始只是喉嚨有點小癢，想要咳嗽卻又可以忍住，就沿用應付初期感冒的方法，服幾粒銀翹片。何況每年打感冒針，有一定的抗力，每次也頗有成效地遠離了感冒。我每天還是做完室內晨操再出門走路。

這次卻沒有預期的效果。三天後有了體溫，咳嗽加劇，渾身疼痛。路不能走，操不能做，每天躺躺坐坐，渾渾噩噩，度日如年。

看了醫師（以前哪裡為感冒看過醫師？）說是感冒病毒，沒有藥可用，總要一個兩個星期才會好。

雖然先生不全相信，他看我病入膏肓的難過，把朋友介紹的、網上看到的各種偏方輪流讓我服用：薑糖水，冰糖蒸梨，檸檬蜂蜜水。

說病入膏肓不是危言聳聽。感冒引發了我心律不整和腰椎盤疼痛的老毛病。

心跳動輒蹦到九十幾、一百零幾，對平日吃藥控制在六十幾不超過七十五的我來說就是超載。慢走幾步路就是呼吸短促像得了氣喘病。

腰椎盤疼痛有多年歷史，每次發作起來坐下如針氈刺骨，躺下休息一個星期也就復原了。沒有算計到歲月累積的利息。那天晚上一夜難安，左右側躺或平躺都完全不行，就是站立、坐下那根像螺絲起子的尖錐物極有規律的在我脊椎骨的哪一節敲骨鑽肉，不肯休息一分半秒。我吃了生平第一顆為止痛而吃的止痛藥。

真的是生平第一次。十六年前開子宮摘除手術，腹部有半尺長的傷口痛徹心扉。護士交代點滴邊的細皮管就是止痛藥，痛得厲害就按小鍵鈕可以止痛。我沒碰那鍵鈕一次，因為是可以忍受的痛。護士小姐告訴每一位醫師、護士：「這位老太太不怕痛。」

去年兩次口腔手術，醫師的止痛藥一大把，我也一顆都不碰。

這次終於體會到什麼是「痛不欲生」，我吃了生平第一顆止痛藥。

第二天掛中醫急診，醫師針灸、拔火罐、推拿三管齊下。兩次治療後疼痛開始減緩，開始練習伸展肌肉，慢慢行動走路。

病好了跟朋友談起來，胃病開刀過的朋友大笑：「妳真傻，那止痛的鍵鈕一按就使人如上雲端的舒暢輕柔，太舒服了。我呀！用完兩瓶跟護士說還痛還要，醫師再也不給，說是會上癮的。」朋友加強語句：「妳好可惜，錯過了現代名詞叫high的感覺。」

俗話說的：「病來如山倒，病去如抽絲。」前後拖了近兩個月才恢復正常。

養病期間百無聊賴，倒是看了兩本好書。

一本簡媜的《是誰在銀光閃閃的地方等你》，一本是葉嘉瑩教授的口述自傳《紅蕖留夢》。

病中日月長，能讀完這兩本書，也算是沒有白病一場。

怕

我說的怕，不是普通怕虎、怕狗、怕鬼、怕死的那種大家瞭解的怕，是一種多數人都不瞭解的，叫做「懼小症」的怕。英文是close phobia。它沒有形狀，沒有面貌，沒有聲音，我五十歲以前沒有跟它有過接觸。

第一次認識「怕」的過程是這樣的：女兒陪我去做核磁共振的檢查，英文叫「MRI」。我躺進僅容一人直直平躺的方形塑料盒，弓腰屈膝都不行。還沒等到操作人員，把腳後跟的門完全關上，忽然心跳加速、氣悶胸塞、呼吸困難。那貼身的塑料盒變成即將入土的棺槨。我拳打腳踢，要掙脫那生命的桎梏，尋求活命。被「救」出來的我，驚魂未定。女兒安慰著：「媽媽不怕、不怕，我們不做了。」操作的技師拍拍我的肩膀：「別擔心，有些人是不能忍受這機器的。」

從此認識了什麼是「怕」，那年我五十一歲。感謝科技進步，後來有了開放式的核磁共振，不必再受那禁錮刑具的折磨。

大概人的大腦主管身體一切情緒波動，後來發現只要大腦的頭顱超然在外，局部身體的淪陷，是勉強可以忍受的。

第一次做電子掃描，身體從頭到腳要慢慢通過一個離身體一尺距離的圓筒。我告訴醫師我的「怕」，醫師說頭部只有幾分鐘的停留，而且兩頭完全開放，不是密閉。臨場我再次乞憐般尋求同情，告訴操作技師。她說：「很快的，妳閉上眼睛想著妳最愛看的電影吧！」我眼睛閉上電影是看不到的，「阿彌陀佛南無觀世音菩薩……」來回反覆誦讀抗拒那機器嗡嗡的私語。幾分鐘於我是恆久的歷練。終於「頭」先從桎梏裡解救出來。張開眼睛，雪白的天花板一塵不染，多麼美好清爽的世界。機器緩緩走過頭部以下身體其他部位，覺得跟我無關，好像那不是我身體的一部分。

每次進電梯、坐飛機都是跟「怕」的一次掙扎。電梯空間不小，但是怕中途停電或其他故障上無門下無道。想像過上百次做困獸鬥的慘烈畫面，所以不到萬不得已，不會自己一人進去電梯，總裝模作樣東看西望等有人來了一起赴難。一次住旅社，晚上要下樓打壺熱水，硬把躺下的先生抓起來陪我進電梯。

電影《大逃亡》裡的史蒂夫・麥昆被罰關在僅容蹲坐的小木箱子裡幾天不見天日。我跟先生說：「如果關的是我，不用一天就是終結。」想像自己在狹小不容屈膝如捲縮在母體裡放大的嬰兒，不是聲嘶力竭而亡，就是撞得頭破血流而死。最和平的方式是嚇得昏暈過去不再醒來。

坐飛機一定爭取盡量靠門的座位，空間寬大離艙門近，隨時可以奪門而出。每次跟自己做心理治療，沒事沒事。每次起飛前都有強烈解開安全帶脫口要叫「請讓我下飛機！」的衝動。

一次跟晚輩旅遊，他們不知我鮮為人知的私房病，飛機的座位劃在最後一排。一再給自己打氣鼓勵，都是親人晚輩沿途照顧周到，有事他們擔當，不要怕。

進了機艙，看那長長如通向地獄詭異狹窄的通道，我的腳再也邁不動一步。晚輩們都勇敢向前入座，我轉向就近的空姐說明我的「怕」，請求讓我在門艙稍作停留。空姐回應我一句話讓我終身難忘：「沒關係，我也有跟妳一樣的毛病。」怕，遇到同舟共濟朋友的分擔，內心安靜沉穩許多。

全部客人都上完了，她扶著我的胳膊向前邁步：「來，我能做到的，妳也能做到（come on, I can do it, you can do it too）。」像讓人牽著手學步的幼兒，從前艙走到艙尾，迎接晚輩們一雙雙驚詫的眼神。那一次的經驗讓我體驗到：一句適當的話語，一隻同情的手臂，能渡一個陌生人於危難。短短的一分鐘路程，儲存了我一生感激的心懷。

空姐的聲音、手臂在許多「怕」的舞台替我減輕了重量，能比較輕鬆的登台演出。至於她是不是真有懼小症，我充滿疑惑；只堅信她是一位滿懷天地大愛的空姐。

真正跟怕說再見，是去年癌症手術之後。沒想到有一天這「怕」也遇到了對手。多少人對癌症有躲避瘟疫般極大的懼怕，既然瘟疫都過招了，能有什麼更可怕的呢！

是奇蹟，是憬悟，是釋懷。那以後坐飛機不再惴惴惶惶挑選座位，最後一排也是輕鬆走過安心入座。進電梯和各種檢查機器就是小事。那隻讓人捲縮蹲坐密閉的小木箱子，大概此生沒有經歷的機會，就不去想它了。

病中絮語

我口腔的左後方上顎有半個鴿子蛋大小的洞，是醫師挖除壞細胞後留下的印記。它會一輩子這樣，挖出的肉不會長回來，我的口腔是有缺陷的器官。

牙醫做了一個薄片的假上顎套在上顎床。醫師、護士都稱它「prosthetic」。我認識這字是「義肢」，是人們裝上假手假腳的名稱。

醫師說這個人工上顎片擋住那個洞，讓食物和飲水不會進到鼻孔。英文裡上顎俗稱「upper roof」。我的屋頂破了個洞，要補一片人工上顎擋雨水。

口腔的零件除兩副假牙又多了個假上顎。

醫師的語氣充滿同情：「檢驗的結果不是好消息。」語調平靜如沒有一點波紋蕩動。他每天要對許多人說同樣的話，即使充滿同情我也只能從中分得一杯羹。

怎麼會是我呢？每天問自己這愚蠢而永遠沒有答案的問題。我生活的袈裟周延縝密，走到天涯海角也沒有給這壞細胞擠進來的空隙。

我每天運動，吃健康食物，做健康人。但是，健康人不保證就不被癌細胞青睞。

醫師說：「這細胞長得慢不大會蔓延。妳這樣的情形很長時間了吧？」

大概是吧，我並不知道哪時開始的。前後看了六位牙醫，都是為了商討維持假牙或植牙的意見。第七位摸摸看看說：「這一塊地方有點怪怪的，也許是假牙戴得太久，牙齦萎縮，套合不好的結果；為了安心還是做個切片檢查吧。」

這麼多年我不痛不癢不知它的存在。就當作沒看過第七位醫師，還是不知它的存在。

醫師說：「大概三年五年沒有問題，再往後就不知道了。」

在癌症領域做藥劑師的女兒堅持割除。現在只是初期小小一塊，誰能保證幾年後不會晉級二期三期？到時除了手術還要加上化療、放療。

整個手術時間只有三十分鐘，六點到醫院，八點手術後到休息室等候麻藥消退，下午兩點回家。

第二天從麻醉藥的恍惚裡漸漸清醒，意識到是個需要養病的人。左下顎臉頰開始腫脹轉紅，身體是參加重大會戰劫後餘生的疲累。

曾經腦子是永不停歇的風輪，連睡夢中都是風吹草動。身體是永不停止的陀螺，只恨一天沒有四十八小時讓它迴轉運作。現在一切靜止如水，生活是這樣簡單自在的回歸自然。如嬰兒般躺著過日子，終日睡睡醒醒。睜眼望向窗外，後院飄蕩的楊花飛絮像趕路的雪花，飛向未知的他方。再一張眼，黃昏的光暈晃動，天幕即將垂落。

女兒用溫水沖泡早早買好的增胖粉，一手舉杯一手捏著吸管一點一點讓我慢慢吸。「要多喝點，要長胖點，才好得快。好了我們就帶妳去妳一直想坐的火車旅遊，好吧？」

蔬菜肉鬆稀飯她用果汁機絞碎，先嚐嚐不冷不燙，用湯匙一匙匙送進我嘴裡，像小時我餵她吃飯。她說：「現在妳是生病的孩子，我是媽媽，小孩要聽媽媽的話。」

平日極為粗心大意的先生，極其耐心的守候在爐子邊，怕蒸蛋太嫩不熟、太老不能入口即化。守著爐台熬濃濃的雞湯，煮軟軟的麵條。把吐司麵包的邊皮切下來自己吃，讓我慢慢咀嚼柔軟的內裡。

晚上他找出一串銅鈴鐺放在我床頭伸手可及處，有事就搖鈴，不要張口叫喚，免得傷口痛。

兩個孫女來陪我。平日習慣伺候她們，如今接受她們的伺候。我轉個頭、伸下腰、動根手指頭，她們立刻張開偵探的眼神：「奶奶妳要什麼？」

十八歲的大孫女不停的提醒：「奶奶妳要吃顆止痛藥嗎？」她看到左下顎青綠紫紅，腫脹得把嘴角耷拉下來，一定痛不欲生吧。

怎麼安慰孫女那比我還傷痛的眼神呢！那眼神牽動我的傷口，讓我感覺疼痛。

醫師說傷口復原良好，要開始做口部張合的復健。

傷口結疤把周圍的肉拉緊綳縮，嬰兒落地就張口哭叫的嘴巴被拽緊的傷疤消失了張力。張口吃飯喝水的能力要接受挑戰。

把醫師看診壓舌頭的木片用橡皮筋套緊，從口含十五片開始，一天兩天或三天加一片，看妳忍受疼痛的能力一直加到二十五片，能到三十片就是張口的超人。鏡子裡看到一個撐開的血盆大口插著十寸長的木片，口水沿著嘴角流下來，外星人般的讓人心生恐懼。

手術一星期後，朋友們開始陸續的來探望。

他們捧著花的、提著水果的、端著雞湯的、搗著熱包子的、熬著魚肉粥的，在將近百度的日頭下進到屋裡來。他們陪我坐著，他們靜坐的身體裡有一顆慈愛溫暖的心。那顆心帶動他們的手輕拍我的手背，傳遞他們寬天闊地的關愛。

他們知道我要休息從不久留。回去他們還可以寫電子信，寄來好看的風景短片、電影音樂舞蹈，打發我寂寞的病床時間，不留空隙讓傷痛插足。

手術後第二個星期開始出門慢走。天藍雲白陽光清亮。感謝上蒼的照顧，我又能在這晴空下慢步行走。

達城的市花紫薇已在枝頭茂密成簇的推擠著。名叫「紫薇」卻是紅白粉紫顏色多樣。枝頭還盛開著，地上已有落英繽紛。它們的生命興替這樣快速的開落，總要到十一、十二月深秋時節才完全消弭。平日並不特別喜歡它們，因為總把我走路的步道弄得爛泥似的。踩著怕它傷痛，不踩它鋪天蓋地無從躲避。

今日竟然看出它們另一種風景：它們喜愛陽光，活潑俏麗，開得燦爛，落得輕快。再不知有另一種花樹這樣長時間的開落給天地一份長久的美麗。它們的美麗給我一份快樂心情的昇華。

一個月後才有信心走到十五分鐘路程的學校操場，有些氣喘的坐在球賽時觀眾席上休息。一群鴿子咕咕飛起，悠閒轉個圈跟我照個面飛回電線桿排排坐好。

以前走路，偶爾心奇這裡有養鴿人家嗎？今日坐看牠們，竟是如此安詳自在，連飛巡的姿態都是優美閒適；一再咕咕的跟我輕聲細語，似在問候我病後的容顏。我不識鴿語，只在心裡跟牠們道謝。

好友寫信安慰我。她也病痛連連，仰靠他人扶持過日子，「覺得自己那艘航行的小船，彼岸已經隱約在望」。隨後立刻來信道歉：「這哪裡該是安慰病人說的話！」

她何須道歉。每個人都乘坐自己的船在生命的長河裡航行，終有一天划向彼岸。

我這艘連口腔都有缺陷的船，彼岸遙遙在望。只盼望一路順利航行，不再驚濤駭浪。

抬頭望向高遠的穹蒼，再次吞吐人生的甜酸苦辣。這甜、這酸、這苦、這辣竟都匯聚為一種無味之味。日子從此是也無風雨也無晴的清平世界。

李叔同那句「華枝春滿，天心月圓」的偈語悠然湧上心頭。

輯四　感懷

聊天

晚飯後跟在我家養病的女兒聊天。

初秋季節，天色微暗，窗外有歸鳥飛過的掠影，一切安詳平和，是專為聊天準備的好時光。

「最近我常常想起高中的同學珍妮佛，當年如果不是她，我的人生路走得大概跟今天是完全不同的方向。」

珍妮佛我也記得，是女兒讀高中時的好朋友。一頭金色波浪捲曲的短髮，覆蓋著一張秀眉大眼挺鼻闊嘴雪白膚色的臉蛋。

有一次中午打烊休息，我跟先生在廚房忙著張羅準備晚餐的東西，女兒帶著珍妮佛走進廚房。正在炸蝦的先生順手拿一隻炸得明晃晃的大蝦給珍妮佛，她笑開一口整齊的白牙大聲說謝謝，跟著女兒走了出去。門開處燦爛明亮的陽光照耀著兩個風華正茂的青春少女，如流動著奶汁般的甜美潤澤。三十多年前的風景，那幅陽光下跳耀的畫面恆久掛在心田。

「那時你們開店忙得跟我們照面的時間都沒有，我什麼事都跟珍妮佛商量。高一我怕自己跟不上高級班，選了普通班的化學課。沒想到老師給的功課難得要命，珍妮佛要我轉去她的高級班。看我猶疑著就說：『高級班的老師功課很簡單，而且我會幫助妳。』我們跟兩位老師提出請求，順利轉班成功。那年我的化學課成績拿了A。」

透過三十年歲月的簾幕，我還可以清楚的看到，那時的兒子女兒是怎麼獨自奮鬥存活在父母經常缺席的晨昏。

「後來我就跟著珍妮佛，她選什麼課，我選什麼課。申請大學的很多大小細節，她的爸爸媽媽都給了我很多參考意見。」

我們那時努力打拚原是為了給兒女受更好的教育。打拚占據全部的時間，我們做了長期缺席的父母。等我們站上父母的舞台，他們早已下台遠行，彼此聊天的時間都錯過了。

養病的女兒這幾天充滿懷舊的心情，剛步入中年的她，竟然帶著些老年情緒的呢喃。

「這些年朋友交得那麼多，想來想去只有珍妮佛是一輩子最值得懷念的朋友。現在才體會到在那種惶惑不安的年齡，不是她的帶領我是很輕易一步就跨出正規生活圈子的。」

窗外夜色漸濃，路燈照耀著幾片零落墜下的黃葉，飄染出一份夜色的淒涼。

「媽媽妳記得那次我們帶著珍妮佛去滑雪？」

我記得的。那年難得聖誕節休息兩天，一家人帶著珍妮佛去滑雪。珍妮佛和女兒都是第一次腳踩滑雪板，在預習場地老師指導下，她們很快進入情況。我們在欄外看著她們在微微飄揚的雪花中，像兩隻蝴蝶翻飛碰撞。天地遼闊高遠，她們歡聲響亮，像高空飛躍的雲雀。

「珍妮佛一直感謝我們給她一次滑雪的快樂時光。她家經濟狀況不好，沒有機會去接觸那些比較昂貴的活動。也因為環境不允許，她只讀了小城的社區大學，畢業後在一家department store做了幾年經理，覺得沒有什麼出路，就去從軍了。跟著軍隊東搬西遷，我們就漸漸失去了聯絡。」

女兒說最近在網路上找過，大概珍妮佛結婚換了姓一直找不到。我建議可以先找到珍妮佛的父母試試看。

「是啊！她的父母似乎一輩子沒離開過小城呢！很樸實忠厚而慈祥的兩位老人家。」充滿往日情懷的女兒渴望能找到舊日好友，跟她聊一個長長的天。

我真希望女兒能找到珍妮佛，我要向她表達一份晚了三十年的謝意。不是這初秋黃昏的聊天，不是女兒的養病，我不會知道多年前珍妮佛曾經代替過我這母親的角色，一個導航人帶領我的女兒，讓她在極其容易步入歧途的青春叛逆期，步上正規平坦的正道。

我感謝珍妮佛！

安息園

出門車過小街幾步路，右轉就是Greenville的街道。過三個紅綠燈，就看到路邊一片廣大的青草綠樹。青草茂密，綠樹成林，是一處美麗的風景區。景區面積遼闊，串聯三條大街的長度組合而成。因為從來沒有進入觀光，所以不知它的深度，但是放眼極目看不到邊際，有雲深不知處的幻覺。很多小公園都沒有它開闊的架勢。

正中一條街路邊石砌的門欄，一塊光滑的大理石上刻著「Rest land」英文字高掛門欄正中間。是人們永久安息的地方，我稱它「安息園」。

生命的列車開到這裡是終站，親人朋友抬你下車，放你入土，企盼你永遠安息。

安息園一片平原寬闊，不像中國人選墓地要在高坡山頭，能遙望家園故里才是好風水。是平地也有好處，鄰居之間行走串門子方便，老人家更省去跋涉山坡的辛苦。

安息園平日極其安詳，連鳥兒都尊重地下安息的人，偶爾飛過從不喧鬧。有節日時譬如感恩節、聖誕節、情人節或是屬於個人特別的日子，如生日、結婚紀念日或是那人安息的日子，安息園各個墓前就有不同擺設的花飾，大的小的，素色的，豔紅的。一年四季總有人來獻花，總是花色不斷，只有花多花少的分別。花少的日子清冷，花多的日子熱鬧。人們獻完花，停駐花前靜默凝視，問候一句：「這裡還好嗎？住得習慣嗎？日子過得寂寞嗎？」幾乎能看到獻花人眼裡隱然的淚光。

不定期的，園內會有一次入土為安的儀式；相對於平日的安寧，是一次熱鬧的聚會。樹木圍繞的一片空地上搭起一個藍色的傘篷，傘篷有大有小，端看參與者人數的多少。刮風下雨、春夏秋冬都能不時看到傘篷的撐開與收攏，像一個人生舞台的開始與落幕。傘篷下親人淚眼最後的凝視，安息者的生命在另一個世界重新開始。

安息園隨著日月交替，輪流更換著一幅幅不同的動人畫面。

一位年輕男子帶著黑狗靜坐墓前。男子面容肅穆，像是沉緬在久遠前的回憶中。靜坐的狗兒也在回憶吧！牠努力嗅聞舊日主人的氣息，尋找往日主人的衣衫。

一位手捧鮮花的年輕女子，彎著腰把花插進墓碑前。她必定希望地下的親人能看花色，聞花香，那是她呈現的思念，雖然憂傷卻是如花的美麗。她站立花前絮絮訴說親人能懂的話語。

一位中年男子手牽四五歲的兒子安靜站立，男子眼睛凝視墓碑，嘴唇蠕動，似在小聲言語。孩子是聽不見的，他有跟媽媽之間單獨的會話：「媽媽，妳怎麼還不回家？」「妳再不回家，我都要長大了。」「妳再不回家，妳就老得我都不認識了。」

每次看到單身一人站立墓前，我都心生不忍。地下的親人大概像我一樣一遍遍叮嚀：「回家吧！淒風苦雨的，別著涼感冒。」

安息園對面馬路是另一片廣大的草坪，聽說是墓園的預留地。整個草坪空曠遼遠，沒看到一棟建築物，人們還是不太願意跟墓地為鄰的。

一天發現有兩棟毗連的小房子，大概因為太小，先前沒有注意到。兩棟小屋毫不忌諱，家門正對墓園的大門。先生說住這裡其實比較安全，誰來這裡做壞事，地下的眼睛都看得清楚。

安息園地下多少英雄人物、名門貴媛生前從未謀面，如今成為鄰居。他們不再有富貴尊卑的分別，不再有爾虞我詐的紛爭，是真正和平的大同世界。他們恆常安靜相處融洽，為地面營造出一個極為安靜的風景區。

遺憾

說來不無遺憾，從小學到大學，我竟然從來沒有參加過一次自己的畢業典禮，沒有唱過一次〈驪歌〉。

小學階段是在戰亂的警報聲裡跑過去的，不跑警報的日子，我這長女也要在家幫助母親做家事，照顧小弟妹們。在警報聲和母親吆喝聲裡，上學就變得可有可無的事。

軍人的父親一出門接新兵，就是幾個月的離家。父親回來帶我去上學，還教我寫毛筆字。父親一出門，我又回復長女的身份。

沒上過幾天小學，哪裡來的畢業典禮？

全家到台灣安定下來進了初中。個子矮小的我坐在第一排，看到老師們黑板字寫得好漂亮，講台上走路的樣子風度不凡，同學間又交了幾位知心的好朋友，覺得上學真是一件幸福的事情。

初二的暑假，有一天父親跟我說：「家裡六個孩子穿衣吃飯，加上母親身體不好總要跑醫院，我這份微薄的軍人收入實在月頭用不到月尾，妳這做長女的一定能瞭解父親的難處。」

那年暑假我就去報考了師範學校，省掉家裡一份口糧的負擔。

初中的畢業典禮因為沒有畢業也就沒有參加。

一心盼望著師範學校的畢業典禮。

時隔五十多年，現在想不起來畢業典禮的那天，我這服務股長，是為了什麼急火燃眉的事情，一早就騎著單車奔跑出去，又奔跑回來準備參加九點鐘的畢業典禮。

擦乾滿頭的汗水，急匆匆喝一杯涼水就去排隊進禮堂。這時胃部開始抽痛，像幾十根針尖在肚子裡交戰。導師看著我蒼白著臉摀著肚子站不起來，讓同學扶著我回宿舍躺下。

疼痛掙扎間，隱約聽到禮堂那邊傳來遙遠的合唱聲：「長亭外，古道邊……」

從此徹底塗掉刻在心底畢業典禮的畫面，安份要做一輩子小學老師。

因緣際會，四年小學教完又上了大學。

四年的大學生活，我在家事、家教、母親的病床邊、男朋友約會間，日子飛也似的從指縫間流過。

那天不知怎麼腦子裡有個斷續發出的聲音：畢業典禮不過是個空泛的形式，內裡裝了多少學識才是正事。我認真回想，四年大學生活翻來轉去，竟然是鋪天蓋地的空白。讀的不是出色的學校，學的又不是自己喜愛的科目，真是白白浪費了寶貴的四年光陰，哪敢去參加那代表一個學習階段的畢業典禮？

碰巧那天母親又要去住院，父親也問：「今天不是妳們學校的畢業典禮嗎？」我沒有多做解釋，忙碌的父親當然也就不再堅持。

我失去了唯一一次能出席卻沒有出席的生命中很重要的一次畢業典禮。

到美國後，在小城開店一住三十年。小店過馬路對面就是頗有名氣的德州理工大學。有一次開著車，遠遠看到藍天白雲覆蓋著一片綠樹青草的校園裡，東一簇西一堆的學子們穿著黑衣長袍，頭戴方形帽，在風和日麗的陽光下，緩緩行走在校園裡。帽沿邊的穗子隨著腳步搖晃擺動。啊！是在舉行畢業典禮呢！那些青春煥發學子們燦爛的笑臉，把自己拉回到遙遠的過去。

我把車停在路邊，擦乾眼裡驟然間湧出的淚水。

讀過書上過學卻從來沒有參加過一次畢業典禮，總是生命中一份不大不小的憾事。

老姐和大豬

老姐和大豬是同一個人，就是李老太太。李老太太比我大十二歲，正好一輪，都是屬豬，她是大豬，我是小豬。李老先生跟我的先生都比自己的太太小三歲，都是屬虎，也就有了大虎和小虎。八年前我們剛搬來達拉斯，算算當年李老太太八十六歲，今年九十三了。每個星期四老人聚會她都跟李老先生一起出席。聚會的人都知道會員裡有兩頭豬，兩隻虎，一時傳為美談。

大豬以老姐自居，叫我老妹，豬友之外更添一份親情的交融。

老太太灰白的頭髮直直的剪得齊耳，臉面沒有皺褶，稀鬆的幾個淺褐色老人斑是唯一的裝飾。有著微微發福的身材，腰桿卻是非常挺直，像背上撐著塊木板。臉面總掛著一臉溫柔的笑意，向每人宣告她的快樂幸福。

她人極好，聽到誰誰誰今天不舒服，她就從皮包裡掏出個小紅包給人家。她說：「沖沖喜，沖沖喜，趕快好起來。」

後來熟了她跟我說：「我母親從小就教導我要對人『好』，人家有困難要幫助他們。」

我已經是把紅包給孫女年齡的人，也沒有特別困難處，竟然也經常收到她的紅包。她有另一番說法：「我們有豬緣，又有老姐老妹的親切，妳不能拒絕。」

嚴格說她的紅包不是給，是堅決的塞。年紀那麼大，手力卻極強，像一道颶風把紅包旋進你的皮包或衣服口袋，不容人有反彈的機會。

開會時間，都是老先生發言，老太太永遠是安靜的聽眾。有一次老太太忽然破例說話，說她昨晚做夢，記起了多年前會唱如今早已忘卻的一齣戲。大家起鬨要聽，她大大方方開懷唱起來。是一段京劇老生戲詞，唱得抑揚頓挫有板有眼，贏得全場熱烈掌聲。

去年她摔了一跤，胯骨破裂住進復健醫院。以她的年齡復原速度快得驚人，公共廣播電台特別去訪問她。

她女兒寄來訪問的錄像，她一臉盈盈笑意，看不出一點病容。最後還高歌一曲「浮雲散，明月照人來……」十足可愛的少女形態，為訪問畫下柔和輕鬆的畫面。

今年出一次車禍，撞裂了胸骨。我去醫院看她，陪她推著助行器慢慢行走。她說那天剛進醫院那種痛啊，痛得直要流眼淚。「現在第三天好多了，妳看我還能扭動跳舞呢！」說著扶著助行器轉動腰肢唱起「香檳酒氣滿場飛……」也是一副小姑娘天真爛漫的樣子。

最近應邀去她家做客。他們跟兒女合作做了許多可口菜餚，兒女做得多，他們做得少。兒女們把飯菜端上桌，排隊彎腰說一聲：「叔叔伯伯阿姨們請慢用」，就各自回家。不禁歎服怎麼教導出這麼孝順有禮的孩子。

老先生陪我們吃飯聊天，他吃得少聊得多。老太太走來走去來回巡視，一連聲的：「多吃點，多吃點。」好像監控誰吃得多誰吃得少，自己卻像過動兒怎麼也不肯坐下。

飯飽菜足，兒子女兒連孫女都來幫忙收拾碗筷。收拾可以，洗碗老太太是堅決不讓的。也不許用洗碗機。老太太說她有自己操作洗碗的程序，別人做不來。

我站在旁邊要幫忙沖水都不讓。我說：「老姐妳好固執啊！」她甩著濕濕的手說：「老妹妳說對了，我有時是很固執的。」

大家告辭時，她悄悄的對我招招手：「小豬，妳來一下。」把我帶進她的臥室，一個紅包堅實的塞進我的皮包。

他們家電話都是老先生接聽。我說：「我是小豬。」老先生說：「我太太最近有些事記不清楚，小豬卻是記得的。」

內心一份悵然！大豬的燦爛笑臉躍然腦海，老姐的活潑手姿還有那鮮豔的紅包，醒目的矗立眼前。

舊時人

我在小鎮的國小只教了一年書，是我師範畢業後的第一份工作。跟兩位同事的交往比較密切，一位離開後沒再見過面，一位一年見一次，也只維持了三年。往後歲月，在塵世裡忙忙碌碌，日子是一張密密縫製的網，沒有讓兩位舊時人擠進來的空隙。

五十多年過去了，風吹雨淋生活的網有了漏縫，流逝的歲月過濾了塵俗，擁有一份回憶的閒適，兩位舊時人以年輕的容顏，施施然走進了我年老的生活。

素月是個極平常的名字，像素卿、素玉、素女，台灣很多女性的名字裡都有一個素字。如今回想起素月這名字倒是有些不尋常的，素淨清明的月色，空氣中感覺不到她，人群裡注意不到她。

學校另有一位年輕女老師，臉面彩色繽紛，身材婀娜多姿，穿著半高跟的皮鞋一步一蓮花走進辦公室，晴朗的天色也像閃進一抹霞光。辦公室的人都抬眼看她，她一邊低頭拉開辦公桌前的座椅，一邊微笑點頭跟大家問好。

素月卻是貓兒般的輕巧出入。她穿著布料或是塑膠底的鞋，行走沒有一點聲息。長長的臉，細細的眼，厚厚的唇，鼻子長而挺。分開看，除了鼻子，沒有一樣合乎美的標準。但是，臉上的組合有一股貞靜婉約的神情，淺淺一笑，一股甜美像蜜一樣的漾開來。她輕聲慢語的話音裡，有一份天生的靜好。這些在當時都被我年輕不經事的視力蒙蔽住，覺得素月就跟我一般是個平常的老師，反而對那位美麗的女老師常投以羨慕的眼光。

我家住台北，每天搭公車到小鎮上下課。怕擠車遲到，總是坐早班車到學校，老工友替我開校門。學校大禮堂有唯一的一台鋼琴，我就去彈些讀師範時風琴課學得的簡單兒歌打發過早的時間。

有一天，素月走進來拍拍我的肩膀，遞給我一本琴譜說：「妳喜歡彈琴，這本琴譜上都是好聽又簡單的曲子，妳練習看看。」說著就坐在我旁邊，翻開本子彈起一首現在我還記得叫〈流水〉的曲子。她修長的十指在琴鍵上如迎風開展的布簾，悠然起落，揚起優美的琴音。一頭齊肩的長髮隨著高低聲調搖擺著，一臉輕快的笑容泛開一份孩童純真的喜悅。

我選些曲譜裡比較簡單的曲子練習。素月偶爾經過會進來給我些指點和鼓勵，或者示範的彈一兩首曲子。

我們見面也就點點頭，交談都少有。彼此親切卻有些距離的微微一笑，傳遞了似有似無的關切。

一年後我離開小鎮轉到台北教書，從此沒有跟素月見過面。像生命裡擦肩而過許多朋友的面貌那樣，素月的名字和面容很少在腦海裡出現過。

朦朧煙遠的古早年代在雲裡霧裡晃動著，素月的形象漸漸穿出雲霧清明而緩慢出現在我的腦海。像存放多年的檔案忽然不經意抽了出來，一翻開盡是當年被輕忽的往事，仔細閱讀牽引出許多的遺憾——我竟然沒有認真的對她說過一聲謝謝。天真年輕的我錯過了素月這樣的友情，耄耋之年才從記憶裡一點點撿回那失落的影像。

那位美麗婀娜的女老師，我也是記得的，卻是怎麼也想不起她的名字來。連姓都記不起來了。

筱梅二十來歲的年紀，眼角竟然笑出兩條細短的小線條。她說大概從小笑得太多了，她媽都說她是個笑癡子。

筱梅圓圓的臉，臉上兩個圓圓的大眼睛，笑起來臉頰兩個圓酒渦。全天候甜美的笑容，誰看了都會喜歡。

我很少像筱梅那樣總是笑臉迎人。其實我跟她不相同的地方太多了。她走路如風轉，矮矮的個子一逕像踮著腳尖，後跟都沒時間著地般往前衝過去。行事果敢決斷，從來不延宕拖拉。我是個悠然生活的人，緩步行走，遇事優柔，能不出頭就整天縮在屋子裡。

也許是互補，也許是緣分，這樣南轅北轍的兩個人就走到一堆了。我們品小吃、趕電影、爬高山、涉溪水、走縱谷。都是她策畫主導一切，我是在後面替她提公事包的跟班。

記憶最深刻的是那次共遊獅頭山，那次的出遊改變了我生命裡一些細微的枝葉，枝葉晃動在寺廟的鐘聲裡，響起了一點心靈不同的感受。

那天我們用完廟裡的素食，走進客房休息。一天的爬山遊玩，兩人都有些疲累，話都沒說兩句就躺在榻榻米上迷糊著眼。

耳邊傳來大殿裡誦經的聲音。萬籟無聲的靜夜，那平順悠然的吟誦，那空洞單調的木魚，內心深處有種被隱隱觸動的疼痛。第一次認識到清明的月色後面有不為人知的陰暗。

身邊的筱梅隱隱發出輕微的鼾聲。

夜半我被窗外一陣接續一陣的嘩嘩聲驚醒來，像萬馬奔騰掀起漫天沙塵飛越寺廟行過窗前。我搖醒筱梅，她揉揉眼睛往我一瞪：「傻瓜，是外面風吹竹林的聲音啦！」風聲以這樣不可遏制的聲勢，在這沉寂的深山古廟，像一波又一波湍流的瀑布劃破靜夜飛濺天際。

寺廟的晨鐘響起，我和筱梅起身著裝。山中一夜歲月靜好，門外風景如舊，我卻不再是昨日的我。

一年後離開小鎮，筱梅跟我約定每年的最後一天去趕最後的一場電影。她說那是我們的守歲，守住分離的歲月。

也就守了三年，人間哪有不散的宴席？

一轉眼五十多年過去了，足跡走過許多城鎮，卻沒再踏上小鎮的街道。滄海桑田幾度朝陽夕照，小鎮難逃繁榮興盛的發展，那所國校該是樓高人眾，不復舊時寒磣吧。貼印在記憶深處的舊時人，如今越顯清晰，跟我對面聊天般的親切。

十七歲的第一份工作

按照報上的地址，找到了門牌號碼。高大深黑的大鐵門，連接著寬大方正的紅磚圍牆，有著令我仰之彌高的心怯；我有些心虛的按了門鈴。

那年我十七歲，開始尋找人生第一個工作的門欄。

開門的婦人瞄了我一眼：「是來應徵老師的吧，請進請進。」

走進大門，長長的步道兩邊是高高聳立遮天的椰子樹，透過粗粗的樹幹，右邊是各種不同顏色的玫瑰，在六月的薰風裡輕搖慢擺。左邊不遠處有一方小小的水池，池邊開著一些白白的不知名的花兒。

「老師請進去吧。」我趕快收拾起觀看大觀園的心情走進玄關。一個跟我差不多年齡的男孩子，站在玄關上迎接著我有些驚慌的眼神。

這是我平生應徵的第一份工作。

我們家六個孩子，我是老大，父親軍人微薄的薪水月頭用不到月尾。讀師範的我想利用暑假找一份工作，減輕父親肩頭一些負擔。

看到報上這份徵求家教的啟事，要找一個教五歲女孩說國語的女老師。離我家一趟公車就到的距離，於是在這炎熱的六月陽光炙烤下，我走進這棟氣派豪華的宅院裡。

男孩子高聲叫嚷著：「媽媽又有人來應徵了。」

一個身材高挑一身貴氣的婦人從裡間走了出來。她挽著高高的髮髻，穿著清涼的紗衣，走路時輕快的步子挑動著空氣，飄然如仙女站到我面前，眼光從我的頭髮慢慢流淌到腳跟。一身灰衣黑裙的我，在她面前有些抬不起頭的沉重。

報上登著唯一的條件是國語標準，我在學校的演講比賽可是得過名次的。這才順順當當的回答了貴婦人各項問話，得到了我的第一份工作。

每天下午兩點到五點，跟小莉說話聊天，糾正小莉的國語發音。貴婦人說，她先生是北方成長的將軍，說一口清亮的京片子。將軍過世了，貴婦人要小莉不要忘記她爸爸的鄉音，要說得非常純正的她爸爸的鄉音。

後來知道小莉的哥哥也是十七歲。怎麼這麼年輕的貴婦人能有這麼大個頭的兒子呢？整個家裡母女倆靈動活絡的穿梭來往，做哥哥的像個可有可無的配角般，永遠沒有聲息漫步在屋子的角落裡。

貴婦人家的生活都是高層次的讓人羨慕。打牌的太太們個個珠光寶氣，牌桌邊裝點心的盤碟，都是金絲銀線的鑲邊。家裡開車的司機，廚房的師傅，打掃洗衣的，開門迎客的，比他們家的人口還要多。

那種場面讓十七歲眷村出身的我，面對自己灰暗的衣裙，有一份老是沒有洗乾淨的自卑。好在小莉溫柔伶俐，在我一個個動人的故事裡，她服貼的把我當大姐姐般依賴著。

有一天我們在小水池邊看池裡的游魚，小莉歡快的指著水池的魚群叫：「老師妳看，那條金黃虹彩的魚像我，那條灰黑的魚就像妳。」

我聽了不知怎麼的眼淚簌簌的流了下來。小莉的哥哥剛好從外面回來，走到水池邊。「小莉，妳欺負老師了。」小莉爭辯著把剛才的話重複了一遍，我擦乾眼淚，想著好笑，擁著小莉開心的笑起來。哥哥拿起相機，替我們拍了一張美麗的照片。水池裡的魚群快速的穿來過去，攪亂一池清水。

有一天只有哥哥一個人在家，他要我稍等，媽媽和妹妹一會兒就回來。

他打開客廳的音響，走過來問我能不能陪他跳一支舞。他說很簡單的三步舞像走路一樣，說著就拉起我的手。

路走到一半，他忽然把我擁得緊緊的，我重重的踩了他一腳。

「對不起，老師。」那眼光裡有些十七歲不該有的複雜的內容，十七歲的我一點也看不出端倪來。

如今經歷了生命裡很多個十七歲，常回想起那第一個十七歲，和那第一份工作，都在煙雲幻漫的往事裡漸行漸遠，只留下那張抹乾淚眼後歡笑的泛黃照片，見證了那一段生活裡的起伏心情。

兩個月的家教，錢沒有賺多少，但是那短短的風雨溫潤，卻是以後生活裡沒有遭遇過的。那氣派的家園、清麗的貴婦人、十七歲寂寞的靈魂、溫柔伶俐的小莉，都是我人生路途上不容忘懷的過往。

那位哥哥的名字我都不記得了。小莉也該是年過五十的婦人了，她還記得我當年說給她聽的故事嗎？那純粹而標準國語發音的故事。

雪瑞萬歲

我的洋媳婦雪瑞第一句學會的中文是「沒有欠」。這話是兒子從懂事後跟我們對話中，出現頻率最多而聲量最高的一句：「爸媽，我沒有錢。」媳婦發不準第二聲的「錢」，只會讀成第四聲的「欠」。

雪瑞看見中意的衣服、皮包、鞋子，三番驚歎五番讚美：「但是，我沒有欠。」

我們沒有花一分錢的聘禮，婚禮的費用又都是按照美國習俗由女方負擔，我們應該是欠她一些錢的。

雪瑞受寵若驚：「妳是說真的嗎？妳萬分肯定的嗎？」

她不是貪念的人，有一兩件衣服、一雙鞋子，還是分開時間選購的，每次她也心懷感激道謝一番。

有一次雪瑞來電話：「昨天熱水爐壞了，地毯全淹水了。能跟你們先借點錢讓我們換新地毯，發了薪水就還你們。」

後來雪瑞明白，中國孩子跟父母借錢是一筆永遠的呆賬，就沒再提過借錢的事。

雪瑞是個能幹的媳婦，從自己縫製落地的窗簾到房間的擺設裝飾，家裡粉牆刷壁都是一手包辦。每次去他們家，總像是他們又買了新房子；擺設換了地方，牆壁貼了新壁紙，牆上掛了新照片，廚房和廁所鋪了新地磚。

禁不住在心裡讚歎：能幹的媳婦，雪瑞萬歲！

結婚五年後他們有了第一個女兒，我正式晉升為祖母。雪瑞第二天就洗頭洗澡，喝涼水，吃冰淇淋，我都尊重異國不同做月子的方式，保持沉默。她用竹籃子裝著才出世三天的孫女要出門去逛街，我才打破了沉默：「讓我來看孩子吧。」

「我不放心把這麼小的孩子給別人看的。」

這「別人」兩個字讓我體認到，她稱呼我直叫名字，叫她自己的母親為媽媽；我們之間有著一定的距離。

孫女半歲多，媳婦的工作常常要出城過夜，我和孫女才有了比較親密的接觸。我也真正開始享受做祖母的快樂。

孫女四歲多，雪瑞提出要跟兒子離婚的要求。我內心驚濤駭浪，臉面卻盡量維持平靜安詳，請她千萬不要把離婚申請立刻送去法院，給我和兒子一點交談的時間。

「那我們就先分居吧。」

我把「雪瑞萬歲」的口號付諸實際的行動。她的一言一語、一顰一笑左右著我全身的每一根神經。我希望自己成為七十二變的孫行者，變成一個隱形人，跟蹤她的足跡。變成她肚裡的蛔蟲，知道她味蕾的動向。變成先知預言家，知道她心裡的快樂憂傷。

我帶領兒子尋求心理醫師的幫助，把我對「雪瑞萬歲」的實踐給兒子做參考，讓他有知己知彼的優勢，可以把出走的妻子，牽引回到自己的身邊。

半年後他們和好如初，我像浴火重生的老鳥，撲撲殘留的羽翼，細數其間的滄桑。

一年後我有了第二個孫女。

漸漸的我從雪瑞眼裡的「別人」，轉換成她心裡的「家人」。她把直呼我的名字變成了「奶奶」，雖然有著代溝，到底是跨進了一步。

因為家人的親密接觸，我也逐漸意識到在這中美混血的家庭裡，雪瑞扮演著十分難能可貴的母親的角色。

她從不追著孩子餵飯勸水，過了時間收拾碗盤讓她們挨餓到下一頓。她不會開車風馳電奔的送她們讀中文、學鋼琴、練繪畫、補數學、拚體能。兩個孫女只學鋼琴，大的是學校樂隊的黑管手，小的參加學校的合唱團。兩個人的生活相當忙碌而充實。她把兩個孫女教養得中規中矩，正當做人。今天十餘歲孩子們所有我認為的壞習氣，她們都沒有沾上邊，讓我這做祖母的免除了為孫女們所有的擔驚受怕。

雪瑞不是虎媽，卻絕對是一位盡職的母親。

在做媳婦的角色上，我也感受到雪瑞能幹之外的溫馨。

我搬來達城過的第一個生日，雪瑞用心籌畫。牆上有生日快樂的掛條，桌上有豐美的食物，烤箱有她自己烘培的蛋糕。

去年的母親節，她在卡片上寫著：「妳是最最慈愛的祖母、稱職的母親、最好的婆婆。我們對妳的愛，是用文字難以完全表達的。」

不記得哪一次的聚會，她感性的說一句：「我將來做婆婆，能做到妳的一半好，就很滿意了。」

漫漫長途二十多年，雪瑞從出走的妻子回歸到盡職的母親，替我照顧長大的兒子，為我帶來兩個美麗乖巧的孫女，營造出一個美好的家庭，又是如女兒般貼心的媳婦，我禁不住從心裡歡呼一句：「雪瑞萬歲！」

孩子的臉

兒子的臉

兒子五歲多時犯了一次錯，被爸爸擰了耳朵。犯什麼錯不記得了，手摀耳朵張嘴大哭，像一坨皺摺紙張的小臉記得清楚。我愛撫的為他伸展鋪排，漸漸臉面平展起來，很快變成燦爛如花。

一次跟先生鬧情緒，出門兩天不回家。最後耐不住思念兒女的臉容，第三天走在兒子放學回家的路上去見他。十三歲的男孩子，背著書包看到我一聲「媽媽」眼淚成串的滾落。那是一張落雨滿面的臉。後來告訴我忘了路上可能有同學會看見：「看到幾天不見的媽媽就什麼都忘了！」

兒子長大了，就業了，成家了，他的臉跟著歲月的流逝而消失了一些表情，增添了一些內容。

太太要跟他分居，帶著女兒搬出去那天，他在電話那頭像悶雷一聲驚蟄，哭得大聲。多少年了沒再見到他的一滴眼淚，那會是一張多麼淒惶無助的臉。

小時候打完預防針抱他入懷，擦乾他的眼淚：「不哭不哭，一會兒就不痛了。」如今我搆不到他高大的身軀，摸不到他的臉，他要自己學會讓歲月的風霜吹乾眼淚，撫平傷痛，明日又是晴和的一天。

一家人只是短暫的離別，收到寄來合照的的全家福，兒子的臉溢滿幸福。我在照片上撫摸他的臉。那年擰耳朵哭成皺摺的臉，如今隱隱然有了若隱若現的紋路，那是我多麼用心用力也撫不平的了。

我喜歡看到這樣一張成熟的臉。

女兒的臉

女兒六個月大，託給對面鄰居太太照看。早晨剛送進人家大門，她就嗚嗚哭叫伸手抓緊我的衣領不肯放開。那一張悲情淚臉宣告著世界就要關門，她要跟媽媽關在一個門裡。

一歲多，找了一位小姐姐在家陪她。每天出門上班前，小姐姐跟她捉迷藏，等我偷偷出門，小姐姐關上房門，她一番哭鬧我已走遠；她在門裡，我在門外。

幼稚園舞蹈表演，坐在地上搖動雙手，圓嘟嘟的臉滿是笑容，笑出全世界的歡樂光亮。

到美國後我們一腳掉進謀生的泥沼，孩子的臉早晚難得相見。再見面時他們已走出我們的視線，越走越遠，臉面越來越模糊。

走著走著她離婚了，她得了癌症，她經過化療、放療的淬煉，手術的傷痛，那是一張憂愁多歡笑少的臉。

她說：「爸爸，媽媽，謝謝你們陪我走這一段路。」我們終於聚在一個門裡，分享彼此的歡笑與淚水。

經過風霜，走過歲月，女兒的臉面漸漸有了霜後的成熟，歲月的靜好。她常說的一句話是：「這世界有太多比我活得更辛苦的人，我要感恩知福。」

我感謝上蒼給了女兒這張感恩的臉。

五月之約

我的留言說了一半，電話被拿起傳來妳先生的聲音：「喂，喂，哪一位？」妳先生多年耳背，每次電話都是妳接聽的，這次怎麼會是妳先生？心裡疑惑著蹦進一顆小石子。

終於聽到我是誰了，大聲說：「我太太去年九月過世了。」

小石子跳成了大石塊，撞得我滿心創痛。

那年跟妳在電話裡約好，今年五月我們在台灣或是大陸見面，一起去看台灣的風景，去遊大陸的名勝。電話裡，妳的聲音那樣清晰，口齒那麼明白，乾淨利索一如妳一貫為人的光風霽月。後來沒有再給妳去電話，因為妳說要出門一陣子。再後來我忙著看胃病，看心臟病。眼看著我們的五月之約在眼前，而妳竟然已經走了半年多。

我們交往五十多年的友情，從來不是那種黏膩濃稠的糖漿，只是清淺明亮的溪水。如今我在清溪裡，撿拾著屬於我們的一顆顆圓潤的小石子，撫摸追尋我們走過的水痕。

師範一年級下學期，我忽然咳嗽得厲害，痰中帶血，醫師誤診是肺病在家休息了一個月。那時肺病還沒有特效藥，妳不怕被傳染，每星期週末定時到我家來，替我補習數理課程，讓我回到學校能跟上進度。

後來複診只是肺炎，我才安心沒再阻止妳來我家。妳從來不理會我的阻止：「伯父伯母那麼大年紀都不怕，我怕什麼？」

母親滿心感激的說：「這麼好的同學，是冒著生命的危險呢！」

也不知道妳的功課怎麼那麼好，文科理科都是大家的老師。週末妳還兼做家教，賺來的錢，常常在福利社買來一包花生米、一塊鹹豆乾、幾個茶葉蛋，給我們這些被大鍋飯煎熬得枯燥的腸胃，添加一些額外的滋養。

我家搬去了台北後，父親寄來回家的車票錢，常常是捕魚曬網的擱淺著，妳用家教賺的錢彌補那破網的漏洞。把錢悄悄夾進我的書頁裡，附有一張小小的紙條：「週六趕快回家，週日早點回來。」簡單的兩句話裝進我心裡，散發著溫暖，讓我走過歲月的春夏秋冬，直到半個世紀後的今天。

我們上了不同的大學，做了不同學校的老師，成立了不同的家庭。生活裡一樣的柴米油鹽，品味出不同的南北口味。

雖然都住在台北，見面的時間卻一年難得幾次，彼此的牽掛是小溪緩緩的流水，流得緩慢卻未曾停止。

我跟隨先生來了美國，通訊簿上也有妳的名字，忙碌打拚的日子，沒有留出跟妳聯繫的空間。

在台灣做老師的妳，常常利用寒暑假到各處去旅遊。那年妳來我小城的家，我藉著帶妳看風景的理由，才能走出店門看看外面的世界。那時我們不再年輕，也都經歷了人生的一些坎坷路。

帶妳到台灣的姐姐那麼年輕就拋下妳走出了人生的舞台。知道了人生的無常，就特別珍惜那每一個相處的晨昏。

終於有回台灣的空閒跟妳見面。東北人的妳總是做最好吃的餃子、鍋貼、韭菜盒子、蔥油餅、芝麻大餅的各種麵食招待我。我說一聲太麻煩了，妳會理直氣壯的回一句：「連吃都嫌麻煩？活著不就是要吃好每一頓嗎？」

妳的機智常常讓妳冒出一兩句讓人深思的話語。讀師範時，一篇作文上有一句這樣的話：「追求濃厚生命的放肆」，到今天我也不懂它的意思。問起妳來，妳笑出滿臉深刻的皺紋：「有這麼不通的句子啊，虧妳還記得，我早忘記了。」

妳行事果斷，靠一個中學老師的薪水，妳來會聚錢，能買了好幾棟房子。錢滾錢的妳房產從台灣到大陸到美國，妳說這樣到哪裡遊玩都有落腳的地方。妳說生活就要有些冒險，錢丟了還可以再賺，機會卻不是一直站著等人的。

前年回台灣，時間太匆忙沒有跟妳聯絡，在候機室跟妳通了電話。一個多小時後，妳提著大包小包，來到機場的大廳，像帶著行李要趕飛機的人。

妳打開我的箱子一件件往裡塞，一聲聲叨唸：「這羽絨衣輕巧保暖，妳在德州過冬最好穿。這幾雙全棉的襪子美國買不到的。這幾瓶藥對胃最好，唉！妳那惱人的心臟病、胃病，要多保重啊！」

妳沒有留下讓我說謝謝的時間，我上機後擦乾成串的淚水，那淚水裡沒有包括那是我們最後一次見面的傷痛。

妳做人做事向來利索乾淨，這次也是這麼爽快的走出了塵世。妳先生電話裡說：「還在醫院的病床上看著報紙，只不過十五分鐘，一陣呼吸急促就走了。」

妳得的是大腸癌，正等著開刀動手術。是上天待妳寬厚仁慈，不讓妳承受動刀之痛、化療放療之苦嗎？

但是，但是，我們的五月之約啊！

父親的祕密存款

父親過世二十年，母親也去世十六年後，那天郵差忽然送來一封收件人是母親名字的信件。看完信的小弟從台灣打電話來說：「大姐，我看著母親熟悉又陌生的名字，簡直不敢相信還有人會寫信給母親。」

是啊！圍繞著父母的一切早被流逝的歲月沖洗得褪了顏色，像久不見光的老照片，泛染著蒼黃的影像，看著有些陌生。

那封信是大同公司通知母親有一筆存款二十年到期了，請她去辦理領款手續。有些像沒有購買彩券卻通知你中了獎一般的讓人驚喜卻又不可思議，懷疑事情的真實性。台灣的二弟怕是詐欺行為，特別到大同公司去請問查證。

承辦人找出原始資料，詳細說明這筆存款開戶人是父親的名字，和受益人是母親的名字。並顯示開戶的年月日。最後帶著好奇的口吻說：「這筆存款開戶二十年，沒有任何人來查看或詢問過一次，這是很少有的事情。現在存款到期，我們希望受益人儘快來辦理領取手續，結清賬戶。」

兄弟姐妹一番思索推敲得出了這樣的結論：父親存放了這筆錢，為了讓他沒有生活能力的小女兒後半輩子生活無虞。

從日期上推算，是父親患上失憶症的前幾年，父親沒有機會展示他的愛心，這筆存款已隨著他逐漸縮水的腦細胞消失了，成了今天一份無人知曉的祕密存款。

父親生前非常疼愛最會讀書的小妹。小妹也很爭氣的一路好成績從北一女保送大學，畢業後出國深造。

一年後小妹精神失常回國。

母親一向體弱多病，兄姐們相繼離家，照顧小妹的責任落到父親一人的肩頭。父親像照顧初生的嬰兒般從頭開始照顧成年的小女兒。直到父親得了失憶症，我們兄弟姐妹才輪流接手，也才體會到父親這幾年步履走得艱辛。

除了生活飲食、進出醫院、藥物監測等等繁瑣事情之外，最難對付的是小妹腦海裡不按牌理出牌的小精靈。它天馬行空神出鬼沒，無法預測下一步的出軌行為。

我們兄姐偶爾會出言抱怨那混蛋的小精靈，父親卻用他日漸衰老的心力體力跟它抗爭，從無怨言。

父親逐漸混淆稀薄的記憶裡，偶爾短暫清明時唯一記得的一句話是：「妳那在美國讀書的小妹過得還好嗎？要不要再寄點錢去呢？」

心心繫念小妹生活是否缺錢的父親，那時面對小女兒將來面臨的衣食生活，必是寢食難安、心如刀割的疼痛吧。

上蒼有情替父親選擇遺忘，讓他晚年心境不再備受憂心煎熬。

這些年小妹的生活費用由五個兄姐共同分擔，早已成立了小妹專用戶頭。如今大家同意拋棄繼承，父親的這筆祕密存款光明正大的進入小妹的戶頭。

父親一生軍旅生涯，一個病妻，六個子女。為了存錢照顧沒有生活能力的小女兒，必是節衣縮食，加上退休金，存放了這筆當年不算小數目的存款。

人事變遷滄海桑田，年近七十的小妹，在父親故世二十年後還能承受父親愛心的溫潤福澤。

陽光的嚴琪

嚴琪來我家住了將近兩個半月，再有幾天她就要回重慶自己的家。她說以前在小城我們對他們夫妻好，如今女兒得這樣的病，理當該來幫助我們照顧女兒。那時我們在小城開店，嚴琪在我們店打過幾天工。兒子女兒都搬出去各自獨立居住，四間大臥室的屋子驟然間有如空城的孤寂。嚴琪夫婦搬來跟我們同住，孤寂的空巢有了新客。深夜回家那盞亮起的燈光，像孩子還在家安居的標誌，是我心靈一份移情的安慰。

那是十五年前的舊事，那時我們開店從早忙到晚，對他們的認識除了那盞明亮的的燈光，其他還是有些模糊恍惚的。

這次她來，我們每天二十四小時，每星期七天，近距離的接觸，才看到一個陽光燦爛的嚴琪。

十五年間她有三次或四次要來看我們，都因為移民局簽證官找個理由而拒簽。這次要探望我們生病的女兒說服了簽證官。

她的一個大皮箱三分之二裝的是給女兒化療後減少副作用的中藥和補品，還有給我們的好喝的茶葉，好吃的點心。

她說：「這些是重慶的特產，你們這邊買不到的。」

嚴琪在病房跟女兒說話聊天，說些她孩提時代的往事，說些在重慶生活的趣事，逗著女兒蒼白的臉面笑出一絲紅暈。她像嘮叨的麻雀，唧唧喳喳趕走病房的沉寂。她也是樂隊的指揮，知道什麼時候放下指揮棒讓麻雀歸巢，讓病人休息。

她每天思索著喃喃自語：「明天給她做點什麼好吃的合她胃口的呢？」因為化療，女兒胃口奇差又變化無常。嚴琪費心思天天琢磨著女兒的胃囊。

我偶爾情緒失控，嚴琪會擁抱著我說些安慰的話；話語伴隨著拍撫按摩，一份溫暖緩緩升起。恍惚間是女兒病前與我相擁的身影，日子忽然回到以前的美好安詳。

一次帶嚴琪去銀行開戶，接待小姐親切和暖讓人如沐春風。嚴琪說一句：「她好陽光啊！」我的腦海忽然天窗打開，把有些恍惚的她看得清楚了。嚴琪圓臉上掛著個俏麗的尖下巴，大眼睛雙眼皮刻痕深邃，櫻桃小口貝齒排列整齊，說話聲音清脆又極其溫柔。動作輕快俐落，一個轉身就是一抹流動的陽光，陽光的嚴琪移動在我家牆壁、桌椅、碗盤間。連碗盤都沾光，因為她總是搶著做家事，包括掃地洗碗。先生說嚴琪是外放的外勞。

兩個多月的時間，我們為不能帶她出門旅遊一次而遺憾；她說：「我來不是為玩的。」後來她妹妹在新澤西要買房子，讓她去幫忙參考意見，才終於出門了一個星期。

現在陽光的嚴琪要回去了，她說回去過不久女兒開刀手術時她會再來。

兩個月後女兒手術前她再次來到我們家，陪伴我們兩個多月，直到女兒做完手術。

她在我們家過中國農曆新年，跟重慶的家人在電話裡面說新年快樂！她說：「跟你們難得過年，跟父母年年過。」

我們的朋友說：「即使親如女兒、姐妹都不容易做得到的。」

離開自己的先生、父母家人，飛越千山萬水來陪伴我們照顧生病的女兒，這份情誼我們終身銘記在心。

願嚴琪永遠陽光！

輯五　隨筆

驚豔凱多湖

我們在去年七月末的一個週末，拜訪了凱多湖的黃昏與清晨。

搬來達城四年多，從來沒聽過凱多湖的名字。問起居住達城十年、二十年甚至三十多年的朋友，也說沒聽過。帶隊的朋友那樣美麗動人的描述，倒有些不敢確定了。

凱多湖所屬的小鎮名字就叫「不確定」。Uncertain，是一個內斂的女子對自己容顏的矜持，把自身的美麗留待遊人們去肯定。

從達城開車東行三個多小時就到了不確定小鎮，再幾個轉彎就到了湖邊。在預定的汽車旅館放下行李就去遊湖。

黃昏的凱多湖安靜得像沉睡的嬰兒。沒有其他遊人，幾步路就到了看似不怎麼起眼的湖邊。一艘可容十二人的船在等著我們，船長是一位六十上下名叫羅伯特的先生。

領隊說以前每次來都是請羅伯特掌舵，他人好之外又盡責盡職。他一輩子住在水湄邊，有一份清水洗滌過的純真自然。

船開出去只不過幾分鐘，不起眼的一切驟然間像拉開了一層簾幕般讓大家張大了眼睛。

一片邈遠的湖水漾開來，漾出大片的荷葉，間歇的開著幾朵零落的荷花。夏日的尾聲本不是荷花盛開的時刻，荷葉也沒有春日的鮮脆青綠，參雜些零星的殘黃，興起一份落花流水春去也的惆悵。

但是，眼前的湖面是一片望不到盡頭、看不到邊際的遼闊。葉兒花兒在舉辦一場夏日最後的嘉年華會，即使徐娘半老了，還是以它歷盡繁華滄桑的過往，撐持出盛大的場面，給人一份震驚，一聲歎息。

船兒漸行入湖漸深，特有的藍天白雲撩人眼簾，倒影在澄澈的湖水裡，分不清現實和幻境。湖水裡連綿而闊氣的蓮花蓮葉之外還有一種植根在水中的樹，名叫絲柏。樹本不稀奇，奇的是它們不長在泥土裡卻插身在水深處。更奇的是每一棵樹都垂掛著灰白的縷縷條繩，像百歲老人的長鬍子，隨風搖擺，把寧靜的湖水搖出一份獨有的風情。這高大健壯的絲柏跟平原寬廣的蓮世界，成就了凱多湖一番傲人的天地。

領隊的和幾位愛好攝影的同行者，看到能入鏡頭的事物，就請羅伯特先生停船讓他們搶拍好風景。一朵獨特的蓮花、一片完美的蓮葉、一隻停佇葉面的蜻蜓、一隻驟然飛起的白鷺、一隻沖天的蒼鷹、一棵枯槁的樹枝，都是他們追逐的鏡頭，也成為我們目光追尋的焦點。我們沒有搶鏡頭的壓力，純然的觀景比他們又多了些悠然。

太多天光雲影、蓮葉樹林的倒影，視覺裝了太多的美色來不及品頭論足。世界上有這樣美麗的不確定，要用我們明亮的眼睛給它的美麗冠上自信，賜予肯定。

蓮葉、荷花、絲柏交織在眼簾間，天，漸漸的暗下來。

歸程在黢黑的湖面滑行，兩邊岸上的人家燈火熒熒，時近時遠。蟋蟀和蛙鳴此起彼落互相唱和。很久沒有這樣走出塵世融入天然的感受，一時有些被幸福寵壞了的傷感起來。

第二天一早六點鐘，羅伯特先生開著他的跑車在湖邊等著我們了。

羅先生有他獨特的生活方式。六十多歲的他開跑車撐小船，穿輕裝著便鞋，有些摺紋的臉面飽含風霜。難怪領隊每次要找羅先生的船，他是卡多湖特有的一景。不過，卡多湖邊的船隻本來就只有三兩艘，在這樣近乎原始的湖水邊撐船要有一份耐得住孤寂的智慧。

有微雨看不到日出了，領略到吹面不寒楊柳風的適意。

羅先生帶領我們行過與昨天不同的路線，還是片片荷田，重重絲柏。照相的人眼尖，一聲歡呼：「看那棵睡蓮要張眼了。」於是隔一段水域就有一棵張眼的睡蓮，似醒似睡，似張似合，那份欲迎還拒的嬌羞模樣我見猶憐。

雨終於不下了，綠色的葉盤上，大大小小圓圓飽滿的水珠熱鬧卻安靜的佇立著，彼此對望，彼此欣賞，有些顫巍巍大小明麗的組合，有份恣意的晶瑩剔透。羨慕它們如此渾圓清明的仰望藍天白雲，坐臥青綠的蓮葉，它們的世界透明得沒有一絲雜質。

蒼灰的天色下，交織著粉嫩的睡蓮和秀麗的水珠兒。羅伯特先生再是輕舟緩行，總免不了會撞上船邊的葉與蓮，能聽到它們輕聲嚷著痛！陰雲下的絲柏也為它們隨風飄散出幾聲同情的歎息。

突然一隻奮起的白鷺振翅飛揚，悠悠然穿越鴻蒙太空，牽引出一份朦朧的夢境。

前年去大陸遊大明湖，那四面荷花三面柳的景色依然，一城山色半城湖的景色也依然。只是美麗的大明湖被太多周邊的大廈高樓包裹住，荷花的葉瓣承載著鋼筋的沉重，柳樹的枝條搖擺出樓層的喧囂。大明湖失去了往日的清幽閒適。仔細聆聽，湖水似在幽幽控訴，要向世人討回往日的寧靜情懷。

這不確定小鎮的凱多湖是一個存活在鄉野的村姑，靈巧 輕盈自在生活。一份全然清新自然，不受現代人為的改變。像樸質的羅伯特先生，一逕清風明月的生活在水湄邊，不受西裝革履的束縛。

夏日清晨的情趣

夏日高溫，總要到夜半十二點之後才有些涼意。我起身入廁時順便打開床邊的窗戶，涼風如紗簾飄拂進出，很快拂我再次入夢。

四點多醒來，聽到窗外非常細微的唧唧聲，不是鳥的清脆，不是蚊子的嗡嗡，當然更不是蟬鳴。很是輕巧，似乎知道我該還在夢裡不應粗聲打攪。

是壁虎的呢喃嗎？是蜥蜴的清唱？還是什麼都不是，只是土地的呼吸？萬籟俱寂的天地，似乎都該有些什麼話說。平日喧囂的塵世無法聆聽，只有這時才能進入我不受污染的耳膜。天聲太高遠，地語就在耳邊，我靜靜感受它的申訴。

也就不去計較這唧唧復唧唧是誰的發聲了。

接近五點天光微明，那棵大橡樹下的草坪上忽然有了動靜。橡樹在路燈的投影下，草地斑駁陸離，那東西在草坪上嬉弄明暗交錯的投影。

終於看清楚，原來是一隻負鼠（Opossum）。

以前在小城，一天晨走時跟這動物有過一面之緣。像一隻小豬的身材，長著稀疏的毛髮，最奇特的是背上蹲趴著幾隻小負鼠，是一幅從來沒有見過的風景。負鼠媽媽背著孩子走入人家的矮樹叢。先生打電話給動物收容所，我們才知道牠的大名和鼠性。

眼前的這隻背上沒有孩子，享受著單身貴族的悠閒。牠從草坪竄升橡樹的枝幹，再爬上頂端的枝葉。草坪、樹幹、枝葉間來來回回忙碌得趕廟會般尋吃尋喝。

我的眼睛也忙碌的追隨著牠時隱時現的身體。牠像捉迷藏般消失在樹幹的後方，又出現在草坪的遠處。

天再亮些，斜對面鄰居牽狗出來，牠才悠悠地從側邊的樹叢裡消失了。

外面什麼都沒有了，我靜坐窗前凝神冥思也是一種好生活。

什麼都沒有的清晨，卻有皎潔明亮的月色。董橋的文章裡引用韓素音形容月亮的詞彙：秋月深情，春月善變，夏月輕佻。這「輕佻」換成活潑豈不更是貼切。

夏日清晨有份悠然無邊，讓思緒漫遊上下古今。

想到讀過的書、見過的人、行過的路、坐過的車、走過的橋，在生命歷史的痕跡裡檢視一足一履。

想我這一生還沒了的一項心願是要坐一次長途的火車旅遊看風景。

想夏日荷花盛開，那風華絕代的姿容。

我的思緒這樣的雜亂無章跳躍飛奔，像舞台上熱情的探戈。

我坐在夏日天光微明的窗前，享受這夏日絕早的情趣。那唧唧、那地語、那月色、那負鼠，以及那拂面的風兒……

六月楊花雪

六月的一天，好友請我去La Madeleine共進午餐。她選了靠窗的座位，一抬眼窗外景色一覽無遺。隔著一片廣大的綠色草地是一條小溪，溪邊是一排茂密高大的樹叢，跟我家側院的景物頗為相似。

我家側院數丈遠也有小溪和樹叢。那小溪夏天久不下雨常常乾涸成為小溝，緊靠的樹叢卻是常年青綠。

眼前的溪流要壯觀些，耳膜裡似能聽到潺潺流水聲。那片樹林也較雄偉寬闊，密密麻麻一長溜看不到邊際。

好友一聲歡呼：「看！好美的楊花！」

我睜大眼睛一聲驚呼：「什麼？這是楊花？」

窗外成片白色的小棉絮在那片綠色的草坪上空悠然飄蕩，把眼前裝點成「自在飛花輕似夢」的迷離情境。

原來是楊花，我可是與它有過幾番愛恨情結的。

七年前搬來現在的住家，就是看上側院那片綠樹成蔭。賣房的廣告單上特別注明，夏日望眼窗外就有走進森林的清涼。

原來那片樹叢是楊樹，飄飛的白絮是楊花。七年前的楊樹還是青春少年，成天樹葉翻飛只會嬉鬧沒有成為氣候，我當它們平常樹木沒有認真看過它們。

兩年後吧，一天看到後院天空偶爾有些極細小如切割成碎粒的小雪球，隨著風兒悠悠散散天涯浪子般飄蕩著。那就是嬰兒期的小楊花了。

一年年楊樹長高增添枝葉，碎楊花增添數量熱鬧翻飛，它們飄蕩到後院、前院和屋頂。車道的馬路上空都有它們的蹤影，真是春城無處不飛花，悠悠然從鴻蒙太空徐徐落入人間塵世。它們姿容清白，款款輕擺，徐徐飄落，互相擁抱推擠，成為一個個網球大小的棉花球。看著雪白輕盈，透明清澈。這樣美好的化身，卻成為我家的一場災難。

開車回家，轉進車道，開啟車庫門，一堆成球的白絮滾進車庫，幾番轉動零散棲身。走進後院，這才看到玫瑰、紫荊、薔薇、枸杞，連花帶枝都被這些白絮飄然佇立，像籠罩著一層大蜘蛛網。這不是一天半日成就的事情，卻是我第一次認真看清楚白絮造成的災難。

先生溽暑天氣在烈日下清洗冷氣機，因為沾滿楊花碎絮的過濾器會減少冷氣機生存的壽命。一開後門，它們隨風飄進，在客廳地板上跳著慢步華爾滋。

它們就這樣看似飄逸卻是實在的侵占了我家地盤。它們極不易清理，掃帚一碰就翩然起舞，跟我的頭髮、眼簾、鼻孔打照面。

那片樹叢是屬於市府所有，想打電話給市府，以危害健康和污染環境的理由請派人砍除。

孩子們一聽，「十年樹木，百年樹人」的大道理都搬出來了。

後來想到用吸塵器專吸角落的附件一番吸掃，才不算輕鬆的消除了單薄的它們。

好友給了它們一個如此詩意的名字：六月楊花雪。

那天回家特別觀望那片樹叢。這樹粗拙壯實是個彪形大漢，沒有柳樹的婀娜多姿女兒情狀，是以從來沒有把它們跟柳絮飄雪有過聯想。

《辭源》的解釋，楊花就是柳絮。因為很多文人用的「字」是楊花「義」卻是柳絮。蘇軾〈再次韻曾仲錫荔枝〉有「楊花著水萬浮萍」的句子，蘇軾自注：「柳至易成，飛絮落水中，經宿即為浮萍。」顯然的這裡的「楊花著水」就是「柳至易成」的柳絮。他另一首極為後人推崇的〈次韻章質夫楊花詞〉下闋是：「不恨此花飛盡，恨西園落紅難綴。曉來雨過，遺蹤何在？一池萍碎。春色三分，二分塵土，一分流水。細看來不是楊花，點點是離人淚。」章質夫的原韻〈水龍吟・詠楊花〉第一句是：「燕忙鶯懶芳殘，正堤上柳花飄墜。」題目是詠楊花，句子卻是柳花飄墜。所以，他們兩人筆下的楊花都是指柳樹的花，就是柳絮。

柳樹楊樹同屬柳科，柳樹枝葉垂掛，風過飄蕩搖曳生姿。楊樹一般樹幹高大，比柳樹粗壯許多。葉子也是柳葉一般的細長，枝條也像柳枝一樣的彎垂，但是樹壯枝短，怎麼搖擺也沒有長長柳枝的纖柔輕巧。再說柳樹多麼秀氣自重，哪裡像楊樹那樣粗生猛竄失了氣度。它們的花都在空中飄飛如白雪，讓文人延伸出無限想像美麗的畫面。詩人們多把靈感用來描寫柳絮，少有專門讚美楊花的。不去在意它的出身，只看它的姿容，楊花柳絮是沒有什麼分別的。

蘇軾〈水龍吟〉的「遺蹤何在，一池萍碎」和「細看來不是楊花，點點是離人淚」都用充滿詩人憐惜之情來形容柳絮的歸宿。

我家後院飄來的如果是柳絮而不是楊花，它們的歸宿是否會有不同呢！我會憐香惜玉不致趕盡殺絕嗎？思來想去似乎沒有更好的對策。

要感謝好友給了我一個見識美麗楊花的機會，讓我在清除楊花的殘絮時，腦海裡蕩漾起飛雪的美景。

睡眠滄桑史

小時候也是很會睡覺的人，母親說在防空洞裡別的孩子熱衷著玩遊戲，我能坐在地上睡得像個小豬。那時大人們常常把屬豬的我拿來做茶餘飯後的談笑對象。

上了師範學校，早晨的時間很緊張，摺床被，上廁所，跑操場，然後早自習。起床後第一件事是搶著到那只有一口用水的井邊去漱洗。不願浪費時間排隊等候打水，總在四點多五點不到，是第一個到達井邊的學生。無形中把睡眠時間縮短了。

三年的師範教育養成的睡眠習慣，以後從來不覺得自己需要八個小時的睡眠。那麼年輕的歲月，即使整晚不睡，第二天還是生龍活虎一樣的蹦跳。

總是不能瞭解母親為什麼每晚嚷著睡不著，有時明明聽到她輕輕的打鼾，她會像被當場逮到的說謊者，努力辯護：「哪裡有睡著，還會打鼾？你們不要亂講。」然後爬起來倒杯水吞一顆安眠藥，證明給我們看她是真的失眠。

等到我被失眠所苦後，才知道母親原來是淺眠；即使輕輕的打幾聲鼾，卻是很快清醒過來，很難再回到睡鄉。

進入中年後，我的工作非常緊張，每天下午五點鐘胃就開始抽痛。也還算是年輕，一點痛哪能不忍受著，也真抽不出時間去看病。

白天緊張的畫面延續到夜晚，像無聲的影片在腦海裡放映，阻擋身體進入睡鄉。試了很多方法，洗個熱水澡、睡前喝杯牛奶或紅酒、安靜的打坐半小時、看一本最討厭的書等等。女兒特別買了一個小錄音機，帶上耳機就有輕柔的音樂，伴著和藹的聲音輕言細語：「想像著妳躺在一葉扁舟上，緩緩飄行在平靜無波的河流，藍天清亮白雲舒卷……」喀嚓一聲，柔聲細語的機器人也疲累得進入夢鄉，我還在暗夜裡苦海無邊。

終於退休了，隨著白日緊張畫面的消失，我的睡眠也跟著輕鬆了起來。無須靠外在的努力，也能一覺到天亮。覺得自己好幸運，沒有遺傳母親一輩子跟安眠藥為伴的辛苦。

沒想到早年的胃疾，從疼痛昇華到胃酸逆流。常在睡意濃稠的夜半，胃酸以燎原的姿態燒醒沉睡的我。起來喝水吃藥再躺下，一夜兩三次，睡眠被分割得支離破碎。

再沒有年輕時整夜不睡還能生龍活虎的奔跑，如今像病貓般悄悄夜行。

既然不能徹底消除這睡眠的敵人，那就學著跟它和平共存。朋友安慰說：「這把年紀每天四、五個小時的睡眠，差不多了啦！」

一天的開始、結束及其他

第一頓早餐

因為想長胖些就常常鼓勵自己多吃一些。我的一天是從吃開始的。四點半起床，不到五點開始每天的第一頓早餐。

也像正餐一樣變換著菜色內容，才不會因為天天同樣的味道而失去胃口；好的早餐是一天好的開始。

主食是滾開水加五片蘇打餅乾，配菜一天一種變化：一罐 Two Cal（一種濃縮高蛋白煉乳樣的食品）、一湯匙黑芝麻粉、一勺有機綠藻粉、一瓢杏仁粉、一杯熱豆漿、一碗酒釀蛋、半個雜糧饅頭。

七天的早餐像皇帝選嬪妃般變換著不同的容顏，也像張藝謀《大紅燈籠高高掛》裡的紅燈籠看掛在哪一份食物上照明發亮。

雙眼皮

年輕的時候為自己沒有一對雙眼皮的大眼睛而懊惱過。沒有懊惱到去花錢割雙眼皮，錢包像單眼皮一樣單薄是原因之一，謹記身體膚髮受之父母不可隨意割傷是原因之二。

單眼皮跟隨我走過長長的歲月。走著走著，年紀大了人老了，視力退化了，終於戴上了第一副老花眼睛。老花的度數年年增高，眼鏡年年換新。

一天戴著新配的眼鏡讀書，卻是模糊得要特別睜大了眼皮才看得清楚。幾次琢磨發現是跟著皮膚鬆弛的上右邊眼皮耷拉下來遮住了黑眼珠的上部分，右邊眼皮特別嚴重。

醫師說可以動一個割雙眼皮的手術，手術簡單，健保會付錢的。

動刀的事總要多一番思考。左眼皮還算撐得住，只割右眼皮，一單一雙，看著會不會十分怪異呢！

初中一位同學是天生一單一雙的眼皮，看著十分自然，還有一份與眾不同的嫵媚。

一位因為同樣原因雙眼都做了手術的朋友，眼皮是雙了，雙得像兩顆縮水的橄欖核，周圍布滿紋路，看著十分不自然。

我重新考量生活裡要做的另一項決定。

我帶妳去

小城居住三十年，那時自己開車上班、購物、出門、回家。退休後搬來達城跟先生同進同出，理所當然先生開車。偶爾我開一次，先生像教導幼兒園的學生諄諄善誘，我聽得耳朵長繭，就樂得做個有專任司機的安順良民。

司機有事還有住在附近的女兒，會貼心的說：「媽媽，我帶妳去。」

我成為一個行李讓人帶來帶去的過了九年的日子。

女兒先得病，接著先生心臟手術，我這件行李失去了搬運工，必須自己重新伸張手腳搬動自己，做起他們父女的司機。

好朋友擔心著連連發問：「妳行嗎？要不要我開車帶妳……」我回說：「我不要再做被人搬運的行李。」好友哈哈大笑幾聲掛了電話。

爭氣

家裡先生、女兒先後得病，好朋友擔心我心情沮喪頹唐，常來郵電鼓勵安慰。

一位好友寫著：妳現在是家裡的樑柱，絕對不能倒下。「妳要爭氣啊！」我似乎聽到她像啦啦隊般在那頭大聲呼喚替我打氣。

我沒有樑柱的高檔，只是家人病痛的守護者。每天早晚向上天祈禱，賦予我健康的身心，能照顧好先生和女兒。

我也像啦啦隊般堅決大聲的回應她的呼喚：「我一定會爭氣！」

祈禱

生活中忽然的衝擊，讓我措手不及，找不到支撐的力量。尋尋覓覓，霧重雲深，撥不開，看不見。一再告訴自己：「此心安然，此心安然。」慢慢的我跟祂訴說自己的心事，慢慢的聽到祂慈悲的回應。心，漸漸安定下來。

晨間睜開眼睛開始向祂訴說昨日的擔憂，今日的盼望。

晚上萬聲俱寂，祈求祂的賜福恩澤，讓病人早日平安康復，讓生活早日步上常軌。

一位朋友說：「我每天晚上禱告，有時會睏倦睡著，就改為抄寫聖經。把妳先生和女兒的名字都抄寫在我禱告的名單中。」

我謝謝她，也把她生病的哥哥放在我祈禱的名單裡。

我祈禱的祂必然也是充滿愛心善懷的，祂在我徬徨失落無助的低谷，伸手給予我最高的支撐。

我的一天以祈禱結束。

生活中的坎與本命年

陪先生做心臟復健，遇到一位也是陪同先生的老太太。純然電影《亂世佳人》時代，傳統南方樸素溫暖的老太太。兩人的先生在裡面做復健，兩位老太太在外面聊天。時間長了聊天的層面就從外表的寒暄走向內心的交流。

那天她推心置腹說起一段他們家的病患路程。

她育有三女二男。兩個男孩子患有先天性的 Hemophilia（血友病），一點碰觸出血就是血流不停，要住院急診輸血。二十多年前血液篩檢沒有今日精準純淨，由於供血公司的疏忽，把帶愛滋病毒的血液賣給醫院。大兒子在二十六歲就因為輸血感染愛滋病去世了，二兒子幸運靠藥物控制活到五十五歲，也是經常呼叫九一一掛急診住醫院。小女兒得了少見的癌症，挖出了左眼球保住了性命。

我聽得內心波濤洶湧，她卻是語調平靜。我說：「您真經歷了太多的……」磨難兩個字還沒說出來，她微笑著說：「世間那麼多受病痛折磨的人，我們還是被上天祝福的。We have to get it over.」

中國人有句話：「過了這個坎，就是另一個村。」朋友也總在我需要援手的時候告訴我：「世間沒有過不了的坎。」她的get over就是走過生活中的坎吧！她的坎過得多，毫無抱怨、充滿感恩的跨過去。對照她的坎，許多人跨過的不過是較高的門欄而已。

她今年八十五歲，但願往後生活平順，無坎無波。

本命年

重慶的朋友寫微信寄來照片，後院木造過道經過重慶多年潮濕天候的浸潤，變形歪扭，翹高窪陲。照片中腐朽的木削像被蟲蛀過剩下枝條，有颱風淹水退潮後的凌亂。

臥室的地板雖然沒有腐朽，卻在地板縫裡冒出一顆小小像灰色蒲公英，近看是顆小蘑菇。她說先是這些地板騷擾，後來冷氣罷工，接著屋頂漏雨，一個接一個比賽般跑著步前來報到。

最後寫一句：「大概是因為今年是我的本命年吧。」她說本命年要穿紅色的衣物，掛紅色的飾物；紅色代表吉祥，逢凶化吉。

那是我第一次聽到「本命年」這個詞彙。女兒聽了哦呀一聲，臉色都黃了。正是她的本命年她得了癌症。

我去買了幾套紅色的內衣褲，又找出一條小珠子串起來的紅色長項鍊女兒繞幾圈戴在手腕。如今女兒癌症治好了，安全的度過本命年。她的痊癒跟母親的紅色禮物有著某種關聯嗎？

生活中有些不能預料的開始與結果，人總是抱著寧可信其有不可信其無的求一份安心。

閒話餃子

餃子在中國食物裡，算得上是四面討好、八面玲瓏的美食。

雖然餃子的歷史沒有像稻米有一萬多年的悠久，不過倒也走過一千多年的長征路，一路走來比稻米還走出些變化多樣來。

東漢末年的名醫張仲景用「祛寒嬌耳湯」的藥方治好了鄉人們因為窮困受寒而凍傷的爛耳朵。這藥方是用羊肉加辣椒和一些祛寒藥材一起熬煮，煮好後把材料剁碎包在麵皮裡捏成耳朵的形狀，叫做「嬌耳」。每人一碗湯兩隻嬌耳，從冬至吃到過年，爛耳朵的毛病治好了。後來鄉人們仿造嬌耳的形狀用麵皮包餡，在大年初一吃，為紀念張醫師治病的恩德，也是希望能有一年平安的好運道。這嬌耳後來叫成「餃兒」就是後來的餃子。這是餃子來源的諸多說法裡比較可信的一種。

北齊的顏之推說過「今之餛飩，形如偃月，天下通食」的話。三國時的魏人張揖所著《廣雅》一書中也記載，那時有形如月牙稱為餛飩的食品。這種麵皮包餡捏成月牙形麵食的餛飩，應該就是餃子的姐妹黨。那時餛飩是跟湯一起吃的，湯裡放香菜、蝦皮、韭菜等的配料。餃子後來離開湯水，青出於藍自成一格，四海之內皆青睞，用煮的、蒸的、煎的不同的面貌呈現在飯桌上，成為多少人的最愛。

一般吃餃子要在年三十晚上半夜子時交接到正月初一的時辰，有「更歲交子」的意思。「子」是子時，「交」與「餃」諧音，慶賀一年初始闔家團圓。有人把蜜棗、花生、栗子還有銅錢包在餃子裡，含有甜蜜長壽的吉祥；吃到包銅錢的就是一年財運亨通了。這些多樣變化都是單調的米飯沒有的，餃子也就成了得天獨厚天下通食的美食。

我卻是在上大學之後才接觸到這道美食的。

南方人的母親會做一些湖北名菜像蛋餃、魚糕、珍珠丸子等，也能把米飯在鍋底煮出一層焦脆的鍋巴。鍋巴在孩子們的口齒間碰擦翻轉，發出嘎吱嘎吱脆脆的響音，像嘴巴裡咬個甜甜的硬糖果。

會煮飯燒菜的母親從來不踏進麵食的門檻，她說：「不過是些小點心，有什麼好吃的？」那天我把書上的話唸給母親聽：「舒服不過躺著，好吃不過餃子。」母親還是有些半信半疑的不置可否。

一次大學同學到我家聚會包餃子，從剁肉切菜拌餡，到和麵擀皮包餡，一系列流水線的過程，母親都全程參與看得專心。吃到第一個餃子，她摀著嘴叫燙，咂著舌頭叫香。那以後母親總算接受了餃子也是餐桌上的一道美味。

母親不學做餃子，她說擀皮那一關她就過不了。我自己從那次餃子宴以後，就嚮往著有一天能做出好吃不過的「餃子」來。

後來交了幾位北方朋友，在他們歲歲月月的調教下，餃子變成我得心應手的好貨色。當先生批評我的烹調技術時，女兒挺身而出說媽媽做的餃子最好吃。

餃子餡變化多端。先說肉就有豬肉、牛肉、雞肉、羊肉、魚肉、蝦肉等，菜有白菜、芹菜、高麗菜、薺菜、韭菜、紅白蘿蔔等。素餃除了各種菜蔬外還有加豆乾、香菇、粉絲、蛋皮的。

調餡、和麵、擀皮是包餃子重要的三部曲。首先調餡要菜肉份量比例恰當，攪拌豐潤濕澤，調味鹹淡適中，這樣煮出來的餃子一咬一口鮮湯讓牙舌生津。和麵要軟硬適中，和好的麵要「醒」半個多小時。其實是放在那裡讓它睡覺，不知為什麼用相反的名詞。睡醒了的麵擀起來順手快捷。擀皮是真功夫，初學的兩個手握緊棍子兩端在麵皮上小心轉動，千呼萬轉一張餃子皮才出得來。一旦跨過初學的門欄漸入佳境，一手轉皮一手運棍，幾個照面手一丟就是皮一張。一位同學的母親擀餃子皮像飛盤旋轉，讓五個同學十隻手五十個手指頭來不及迎接那一張張飛跳過來的餃子皮。先生有一次在電視上看到介紹東北一家老邊餃子鋪，師傅擀皮兩手各一根擀麵棍，兩張皮同時運轉，「滴溜溜的那才叫快呢」。

傳統的餃子要皮薄餡多，餃皮要捏出細細像貝齒的一排摺痕，像給餃子帶了項鍊增添一份貴氣。這種餃子最適合用煎的，倒在盤子上，金黃的脆皮，襯著小小精緻整齊劃一的齒痕，難怪美國人把頭台的鍋貼「pot sticker」吃得比主菜還要熱烈。

現在人人搭上時速的快車，掏一匙餡把皮合攏一掐一捏，就是一個飽滿的餃子。吃起來味道一樣，但是挺著個大肚子的哪有貝齒的秀氣；再說，後者才更像過年吃的元寶。更便捷些的買現成的餃子皮，包自家調好的餡，吃著安慰自己：跟自己擀麵和麵的餃子味道也差不到哪裡去。坐特快車的乾脆買回冰凍的餃子，也能填飽肚子，誰還有時間享受那調餡和麵擀皮的樂趣呢！

吃過許多不同地方的餃子，記憶最深的是山西參觀雲崗石窟後那次奇特的吃餃子經驗。桌子中間開個籃球大小的圓孔，一個煤氣爐在圓孔裡穩穩坐定，像是火鍋的器皿。特別聲明只吃餃子，不要火鍋。服務生也不多話，一根火柴點燃了煤爐再端上一鍋水。在我們詫異的眼神下，一盤餃子下了鍋。原來是現煮現賣的餃子，是餛鈍的吃法。更讓我們睜大眼睛的是餃子兩端沒有捏合，那開口的餃子像孩兒胖臉頰邊笑開的兩個小酒窩，可愛得讓人心醉。但是，不怕肉餡游出皮囊走了味嗎？

服務生一邊用鏟子攪動餃子一邊說：「肉餡有黏性，中間又捏緊了，不會游出來的。我們的高湯增添餃子的鮮味，吃在嘴裡不會乾澀才叫有滋有味呢！」

第二盤素菜餃子是不能開口的，不然就是一鍋碎菜麵皮湯了。

不過就是一盤餃子，能讓人引出這樣牽腸掛肚的嘮叨，誰叫它是「好吃不過的餃子」呢！

我與太極拳

在台灣還很年輕的時候，一位好友極力慫恿我跟她一起去拜師學太極拳，說了許多太極拳的好處，譬如有病治病無病強身等。那天我答應先跟她去從旁觀看一次。

教拳的老師身材短小精幹，一身古銅色的膚色，笑起來眼角連一根短紋都看不到；不過，從他頭髮冒出的些許星星白點，應該有一把年紀了。看他示範打拳時的動作，初始如靜止蹲坐的佛爺，然後一股氣流穿越身體，佛爺前後東西行進退止，動作擲地有聲進退有據，秩序井然一絲不亂，舉手投足間帶有一份來如風轉，去如行雲的氣勢，說不出的飄逸灑脫。

第二次我帶著十分欽敬的心情還是做個旁觀者。老師用心教了一些基本動作，讓大家休息的時候，他雙腳岔開，膝蓋稍蹲，像個正要起跳的青蛙，一聲吆喝要所有的學生盡全力去推動他。六七個年輕力壯的男女，使上了吃奶的力氣，哪裡動得了他的一根汗毛，他是個鐵鑄的銅像牢牢釘死在地面。

我決定跟朋友一起拜師學太極拳。

年輕的身體不用鍛鍊就很健康，太極拳治病強身的道理沒有太往心裡去，倒是一心想練成一個眾人推不動的女鐵人。

練了一段時間，知道從女人練到女鐵人的道路不是唾手可得，練拳的溫度漸漸就降下來了。練拳的事像晴時多雲的天氣，有一陣沒一回的。出國後更少了朋友的提攜，加上海外生活奮力打拚的歲月，沒有留給打拳手腳伸展的空間，拳事的熱度從降溫終至回歸到零點。只有老師那推不動的金剛身，在記憶裡閃亮發光，如日月之清亮。

轉眼過了四十好幾，自己的身體開始用各種方式昭告著病痛的來臨。首先是心律不整，接著是胃病纏身，頭痛、肩酸、腰重這些算是小毛病了，這才下定決心要開始鍛鍊身體。隱藏多年的太極拳，從單腳站立的金雞獨立，到羽背高張的白鶴亮翅，張腳舞翅的從記憶的箱底冒了出來。剛好居住小城，在大陸學習太極拳多年的一位陳先生，正在招收學生，我跟先生都報了名。每星期兩次在一個公園的草坪上，我們五六個人，跟著老師雲手舉腿，跨腰轉身，很是認真學習。

陳老師六十多歲，精瘦清高，有些不食人間煙火的況味。常常練習告一段落，他就表演一場單腳蹲站的特技。他兩手平伸，全身重量落在一隻腳上，另一隻腳向前伸直，不帶一點彎曲的慢慢蹲坐下去，臀部幾近接到地面。總有好幾分鐘後，再慢慢原樣單腳站立起來，氣不喘面不紅。這單腳獨立的畫面，跟多年前那尊鐵鑄的金剛身相互照映，使我由衷的對太極拳升起一份仰之彌高的崇敬；我，一定要練好太極拳。

有一年多的時間，每天天色微明，兩人牽著家裡的小狗，到離家頗近的湖邊去練拳。夏天天上的星子還沒有完全退隱，空曠的天地間，只有我們倆動靜來往的身影。一時間，心胸裡充塞著星垂平野闊，月湧大江流的悲壯情懷。練著練著，一抬頭漫天星兒早已消失得不見了蹤影。

幾年後，由於工作長時間的需要行走，加上每天要提很重的東西，漸漸的膝蓋不勝負荷的開始抗議。起先有些隱約的疼痛，後來蹲下站起，它會出操般的叫喚口令——喀嚓咳吱，碦嚓咳吱。

那時來往的一位顧客，才換了人工膝蓋。看他那如爬蟲般的刀疤刻痕，加上復建的磨難艱辛，自己嚇得心驚肉跳。保護膝蓋成了生命裡的第一優先順位，把醫師的話當聖旨般的照單全收：不提重物，不可爬坡，不上樓梯，蹲下的時候彎腰而不屈膝。太極拳從頭到尾是半蹲的姿勢，其間不少抬腿踢腳的動作，都跟我的膝蓋有著排斥的對立，百般無奈的我停止了練習多年的太極拳。

常常心灰意懶，覺得拳都不能打了，還有什麼意思。好像說飯都不能吃了，活著有什麼意思。

這才意識到不知不覺的，太極拳成了生活裡穿衣吃飯般的必須。如今要把這必須變成不須，把日子裡原有的豐富掏成空白，內心的失落要比心灰意懶深沉許多。

我遵照醫師的囑咐走平路，平路走。走著走著，從職場走到了退休。

幾年休息下來，膝蓋不再發聲抗議，疼痛也慢慢說了再見。打拳的意念又開始蠢蠢欲動。幾番考量，決定從簡單的二十四式開始試探。我從新開始打太極拳，像找到失散多年的老朋友，互望的淚眼裡充滿了重逢的歡樂。

搬離了小城，打拳沒有就近的公園，年華漸漸老去，先生轉到健身房去運動，拳事變成我一個人在家裡的孤軍行走。

在昏暗的晨光裡拳來腳去，一轉身看到印在牆上孤獨的身影，生出一份今夕何夕的感歎。

打拳不難，一百多招的動作，早已練得滾瓜爛熟，難的是那份內心的專一沉靜。「靜如處子，動如脫兔。鬆靜自然如行雲流水。」「似鬆非鬆，鬆而不懈。輕而不浮，用意不用力。」這些練拳的口訣背誦再背誦，心中嚮往著那行雲流水的境界。就說這用意不用力，每天總一再觀照自己，要集中意念，心無旁騖。但是，每天都有千絲萬縷的牽絆，通過各種飄搖的管道，穿梭在行雲流水的縫隙，讓我在熟練的舉手投足間，心思遠走天涯。

但願有一天終能緩慢的張手吸氣，沉靜的收手吐氣，須臾轉身間，思慮盡散，一派清明。那是我的夢想，我還夢想著有一天成為女鐵人呢。

我這幾進幾出的練拳人，到今天還是一個花拳繡腿的門外客。不敢說打拳治好了我的什麼病，也不能斷然坦承它強健了幾分體魄。不過，每次打完拳擦乾臉面微濕的汗水，像完成了每天必做的功課，不怕老師懲罰，心安了！

愛窗者言

我愛窗。

窗是人們生活裡不可或缺的。空氣、亮光、清風都要穿行過窗進到每個房間，整個家就從睡眠中甦醒過來。

說到窗就不能不提到依附窗而存在的窗簾。窗簾雖因窗而存在，但是除了拆牆移磚，窗是不能輕易改變的，窗簾才是主人可以大展身手的地方。窗簾的裝飾打扮盡現主人的品味內涵，把窗的個性表露無遺，是窗的精神所在。

一次到朋友家做客，她書房兩塊落地米色粗布大窗簾，排列有序的寫著一個個磚塊大的毛筆字，草書、行書、隸書綜合展現，非常雅致大方。原來主人是中文系的高材生，買來獨特別致的布匹做成窗簾，把窗裝點出濃厚的文化氣息來。

裝飾窗簾的材料變化多種，從布窗簾、竹窗簾、塑膠窗簾，到現在流行的一種英文叫shutter的木板窗簾。

我喜歡的還是布做的窗簾，簾布拉開外面的天闊地寬、風雨陰晴盡入眼簾。它顏色變化多端，形態美麗多姿，每扇窗簾都在展示一個不同的風貌。百葉窗、木板窗，撐開到最大空間，眼睛左移右動在縫隙中尋覓，看得很是辛苦。

就說情人的約會，女子拉開窗簾顏面半伸，精心化妝過的面孔配著美麗的窗簾布，讓站在外面等待的男子先醉了幾分。那木板窗簾，任是上拉扯下，再好的手姿美容也被那粗俗的木板切割成片段，真是不看也罷。

顯貴的家族不惜花費，用漂亮貴重的材料把窗簾打扮得如同耀眼的金粉世家，比窗的本身貴氣許多。電影《飄》裡的郝思嘉在窮途末路，還是穿著一匹舊窗簾布改裝成的衣服去見白瑞德的。那麼潦倒窮困的戰後家園，靠著幾塊沾滿灰塵的窗簾布撐持著殘缺的門面。

一生裡幾經搬遷，與許多窗相遇又離別，有幾扇窗是寫進生活裡的一頁歷史，翻開史冊，字裡行間盡現生活的歡樂辛酸。

大概七八歲的年紀，一個嚴寒的冬夜，小偷用一根鐵絲從家裡唯一的小窗戶勾起我睡得暖和的棉被。物資貧乏的抗戰時期，可憐的偷兒不知道他勾到的棉被，無論如何是擠不出那扇小窗戶的。父親第二天就用木板把那扇窗釘得嚴實，從此擁擠的房間，淪入不見天日的黑暗。那是第一次對窗不愉快的記憶。

十歲那年抗戰勝利，隨著母親返回偏遠的家鄉。家鄉偏遠得連日本人都到不了，但是卻總有土匪的出沒。我們像坐監牢般的不能出門半步，因為不能讓別人看到家裡住了外來的客人，土匪特別垂涎外人的油水。

極端枯寂無聊的日子裡，有一天發現高大的後牆上竟然有一扇小小的窗，是那種用一根木條撐開椅面大小的木板窗。我搬把長條凳子緊靠窗前，站上去往外看，一片渺遠廣闊的樹林，樹幹筆直樹葉青綠。燦爛的陽光把每一簇葉片投影到地面，那影子隨風飄舞推擠碰撞，在地面上潑灑出許多條小金魚，一條兩條三條，總也數不清。有時我能守候到小金魚們游回了家，黃昏在林子裡升起另一番景色。

那扇窗是離鄉後，在記憶裡唯一存在的風景。

到台灣住的眷村宿舍，我因為是長女，得到依窗而置的床位，讓兩個妹妹嫉羨兼有。師範讀了一學期就因病休學一個月。病中歲月長，常常躺在床上，窗外一棵高大的尤加利樹，時不時風動雲湧，搖晃著我善感的心思，青春的憂鬱扶著窗框尋找歸宿。

成家後來到美國，也有兩次對窗難忘的記憶。

那年我們全家從小城開車去科羅拉多州度假。黃昏時分，先生指著地圖上的一座小山峰說：「也不過一個多小時，爬過這座山我們就住宿休息。」

車子開進山口，火紅的夕陽就被山峰拋到山的另一邊。山坡越爬越高，黑暗越來越深。度假的心思高昂興奮轉換到帶些慌張的低沉。

忽然女兒一聲歡呼：「看，前面有燈光了！」那是從路邊旅館的窗子投射出來的些許微光。那幾扇窗裡微弱的光，照耀出我們一家人極大的歡樂，降溫了一路升高的焦慮。

一次旅遊從昆明坐火車到大理，買的是臥鋪票。那時大陸剛開放不久，一切條件比現在差很多。我們的硬臥真是硬如石板，火車一路崆嚨吼叫，聲聲叫人不要入睡。無眠的我順手拉開床頭的一扇迷你小窗簾，驟然間內心一陣悸動，火車是開往高遠的天庭嗎？從沒有看過這樣近在眼前伸手可及的繁星萬點。漫天璀璨明亮的星子一顆顆向我眨眼招手。那扇小小的窗讓那難熬的夜，儲存了點亮一生的燦爛記憶。

窗的原始作用應該是開闔交替，為封閉的房間迎來光亮流通空氣的。如今開窗的人家卻越來越少，窗與窗簾真正是純粹用來裝飾擺設的了。

我卻是喜歡開窗的。

搬來達城先就看好有前後對應開窗的房子，而且開窗只是往上一拉的順當動作，買房就跟開窗般的順利成交了。

溫水一杯，小書一卷，坐在靠窗的椅子上。春日涼風習習，秋日暖風溫潤，坐擁書窗真是南面王不易。

我怎能不愛窗呢！

雞父四遷

那天朋友張君開車去農場要買幾隻雞來養。他路上打電話來問：「你們要養幾隻雞嗎？我順便買過來。」

張君買了四隻小雞。一黃一黑平均分配兩家各兩隻。他說全是母雞，養公雞鬧了鄰居不好。

先生和我成為照顧雞兒的雞父雞母。

天氣漸漸轉暖，雞兒日日長大，不須電燈的照暖，紙盒子再容不下牠們蹦跳著要到外面觀看風景的熱情。雞父第一次給雞兒搬了家，從囚禁的盒子搬到開闊的後院。雞兒很快適應新環境，也愛上新環境。新奇的世界充滿好奇，牠們像兩個玩具小火車，嘟嘟嘟嘟開到這邊，嘟嘟嘟嘟轉到那邊，小嘴東啄啄，腦袋西歪歪，看得我時間、煩惱兩相忘。

煩惱的事接著就來了。後門一開滿地雞屎尿像是油漆匠掉落的斑點，我們出門一落腳就鞋底沾光，蒼蠅、蚊子也追趕著湊熱鬧。

雞兒長大了，進得多也就出得多。草地樹叢旅遊之外，總要回到門外水泥地的家園。牠們在那裡圈巡徘徊，時常探看門裡雞父雞母的祕密。那塊光滑的地面是牠們的臥室，浴室兼廁所。牠們過了嬰兒的可愛期，進入兒童期的討人嫌，我每天沖洗鏟刷弄得腰痛的老毛病也犯了，怨言當然是免不了的。

雞父第二次為雞兒另覓新家，找來以前園花圃的鐵絲網替雞兒們畫地為牢，這牢房也是綠草如茵，枯葉為墊，雖然有點類似軟禁，對雞兒來說也還算舒適的了。

這時看著那隻該是母雞的小黃，頭頂冒出了小小的雞冠，脖頸垂掛紅色的扇頁，沒有做變性的手術，卻是長成公雞的樣子。張君說：「怎麼可能，難道賣雞的主人看走了眼？」

雞兒日日成長，紅色的雞冠在小黃頭頂成長雖然緩慢，卻漸漸具有雄赳氣昂的勢態。有一天，身手矯健的小黑一跳越過鐵絲網，行到光滑清潔的水泥地面唱著歌謠，前後徘徊重溫舊夢。

我的腰疾尚未完全復原，再次的洗刷沖水，內心有一股怒火，噴向雞父，殃及張君：真是閒著沒事做，好好的養什麼雞！

一天氣沖沖掃著掃著，木地板邊的草叢裡掃出一枚纖秀的白色小雞蛋。小黑做母親了，小黃知道牠要當父親了嗎？

雞父為雞兒第三次搬家，乾脆把牠流放到籬笆東邊遙遠的三角地帶，鐵絲網雙層架起，雞兒再是插翅也難飛了。那是後院靠儲藏室的邊緣地帶，一棵高大的橡樹遮攔了所有的陽光，地上沒有青草只有枯葉，剪草機都不用光顧，人的腳跡更是從來沒有邁進。

雖然不是蘇武牧羊的雪地冰天，不是蘇軾的瘴癘蠻荒，怎麼自圓其說也是一種人為的流放。

我們每三兩天收穫一顆小雞蛋。雞父和我有了默契般，雞蛋不能吃，以後孵小雞。

日子就該這樣平平安安的過下去。一天夜裡，一聲清亮的「喔喔」穿進耳簾，接著再一聲強似一聲的「喔！喔！喔！喔！」我從床上彈跳而起，一邊喚醒先生：「公雞司晨了。」先生衝到院子裡撒了幾把米。

在公雞逐漸升高的啼聲裡，雞父說只有給雞兒四遷了。

張君要把公雞拿去換個母雞回來，他說不必擔心兩隻母雞鬧同性戀。女兒也替公雞找到個大農場，裡面雞鴨鵝一大群。雞世界的字典裡沒有移情別戀，小黃可以光明正大的妻妾成群，小黑也可以日日換郎君。

只有我把牠們演繹成一齣離婚的悲劇。從小青梅竹馬耳鬢廝磨的玩伴，長大了不棄不離的夫妻倆，又沒有第三者，哪能這樣棒打鴛鴦兩分離。

兩隻都一起送走了。沒有讓人心驚的雞啼，不再清洗地板的屎尿，像雞兒從來沒來到過我家。

兩個長城的消失

我們前後開了兩家名叫長城的中國餐廳。一九七七年在德州西北小城開的第一家和一九九〇年在加州棕櫚泉開的第二家。無論餐廳面積或營業金額，棕城的都大於小城的。我就以小長城和大長城區別它們。

一九七六年先生剛拿到碩士學位，因為讀的不是熱門的電腦及理工科技，找工作到處碰壁。在一位有多年餐廳經驗朋友極力的遊說下，我們從居住三年的亞特蘭大搬家到德州西北小城跟朋友合夥開了生平第一家中餐廳。

一切因陋就簡，舊桌舊椅舊招牌，只印了幾張新菜單就匆匆開張。

記得開張的第一個週六，整個晚餐只有兩桌四位客人。生意持續清湯寡水的清淡，我和先生心情持續的低落。

一年後換了新的合夥人，一位居住小城多年的女士。她人脈寬廣又聰明靈動、腦筋活絡，在她的輔助下小長城漸漸走上坡道，有了小小的名聲。十年後，她另外開了美國餐廳，我們才獨挑大樑自己經營，前後二十三年後退休。

接手的大廚開了五年，因為婚姻出問題就賣了店。這一賣就停不下腳步的一賣再賣。

我們二〇〇七年搬來達城跟兒女住得近。最後聽到關於小長城的消息是一位美國醫師買去，要拆了房子改建新屋從事新行業。

想著當年我們一磚一石辛勤建立的小長城，面臨灰飛煙滅的命運，一股淒然不捨籠罩心頭。

棕城一位父執輩的施伯伯風聞小長城的小名聲，說他們也想在棕城開一家長城餐廳。施伯伯說到做到，讓他的兒子大衛夫婦到我們小城的家住了一星期，每天到小長城觀摩學習。

大衛夫婦回去不久，施伯伯就問我們是否願意跟大衛合作在棕城開個長城的分店。我們那時還年輕，小長城成績不錯，想著能開個分店賺一份更亮麗的成績單，就毫不猶豫的答應了。

那是小長城開了十三年之後。先生留守小長城，我抱著築夢的興奮獨自前往棕城創業。

大衛夫婦把大長城裝潢布置得新穎明亮，後面貼牆一幅長城秋景圖案的大掛毯，把整個餐廳襯托出華美恢宏的氣勢。開張的那天我以主人的身份盛裝登場。大衛他們準備了豐美的酒席，請來了棕城的市長和市花為大長城剪彩，真是繁華盡致，賓主盡歡。

那晚我腦海裡翻來轉去是兩部交替放映的影片：一部是當年小長城開張的第一天，冷冷清清的兩桌客人，淒淒惶惶焦慮的心情。一部是大長城氣派隆重的登場，衣香鬢影，人聲喧譁，極盡熱鬧。

兩個內容相同的戲碼，在不同的舞台上演出了完全不同的風景。

大長城一開張就生意興隆，前景一片看好。

半年後先生心肌梗塞緊急住院，我連夜打點一切帶著一顆忐忑的心飛回小城。先生連續三年心臟發病，我沒有再回去造訪過大長城。

開張後的第三年，大衛有一天向我說起有賣店的意願。我們合夥人長期缺席，不能怪他們要賣店。朋友聽說後介紹一位有多年餐廳經驗的鍾先生買了大衛的那一半股份。

鍾先生接管後負責認真專心經營，我們每個月還能收到一份不錯的利潤。

先生接著幾年心臟安穩不再發病，小長城又請了經理幫忙管理，我們抽空偶爾會飛去棕城看望大長城的風容面貌和經營的鍾先生。夏天的時候，棕城每日超過一百多度的氣溫，就覺得有些把鍾先生送入火坑的歉意。鍾先生溫文的笑容裡，從來沒有一句抱怨的話語。

鍾先生接店後大約七年或更久時間，一個包肥（buffet）店帶著重量級的身軀開在離大長城五分鐘的路程。那幾年包肥店帶著流行時尚的潮流席捲餐飲界，人們都去嚐新。大長城的生意開始滑落，從營業額的報表看得出鍾先生相當艱困的支撐著大長城的樁腳不讓它傾倒。雖然不再有利潤卻也沒有要我們再投入資金。

我們建議他不妨試著把店賣了，鍾先生話語裡似乎有一份不捨之情，我們當然完全尊重他的意願，他才是大長城現在真正的主人。

又過了幾年，有一天加州的妹妹電話問我：「你們的餐廳關門了嗎？我的朋友去用餐，門上掛著招租的牌子。」

我打電話，果然是不再服務的號碼。打給鍾先生的家裡和手機都沒有人接聽，留言也不見回話。生意難以為繼，關門是可以理解的，但是怎麼會沒告訴我們一聲呢？這不像平日溫文誠厚鍾先生的行事風格。

兩個月以後接到鍾先生的電話，這才一切塵埃落定。

他說起先因為經營多年不捨得賣店，後來因為生意太差要賣也沒人買，最後房租都付不出來只好關門。他抱歉說沒有替我們把大長城照顧好，又說內心愧疚所以沒有立刻回電話。

我們盡力安慰他，感謝他維繫著大長城曾經的美麗風光，在棕城閃現過漂亮的一頁。

兩個長城就這樣消失了。世間萬物運轉循環，生生滅滅。生時美如春華，滅時回歸沉寂。那曾經的春華秋實卻總在記憶的浪濤裡熱鬧迴旋依然鮮明。

醫師的故事

賬單

那年先生第一次發心臟病，我的家庭醫師知道了，跟我說：「我想去醫院看看妳先生，我有過在越南戰場的經驗，知道在人生低谷時需要的安慰與鼓勵。」

我高興有這樣熱心及愛心的醫師，對他的病人家屬都愛屋及烏，伸手援助。

先生後來說：「妳這位家醫真不錯，把他越戰的心路歷程像講故事一般，向我細述從頭。安慰鼓勵談不上，倒是打發了一些病床的無聊時刻。」

一個月後接到醫師寄來的兩百元賬單。是一次Consultant費用，就是顧問開導的工作。

沒有預約，沒有掛號，嚴格來說也沒有看診。二十幾分鐘像跟小朋友說故事。完全自願的造訪，怎麼會送賬單來？但是，黑紙白字打印的數目字清楚明白。

那時的兩百元不是小數目。天下沒有白吃的午餐，我乖乖的寫張支票寄給他。

奇蹟

年老的醫師穿著紙做的藍色罩袍，走路晃動紙袍飄揚，有一份仙風道骨的勢態。他看看我的口腔，說一句：「恢復得很好。」

他不是我固定的牙醫，是替我動口腔手術的醫師介紹特別做口腔義肢的牙醫師，像做義手、義腳，替我做一片薄薄的「義顎」擋住口腔後的傷口，讓喝水和吃流體的食物不會從鼻孔流出來。

每次回診完他總要熱情的說一聲：「Give me a hug.」（給我一個擁抱。）把一腔溫暖帶給傷痛的病人。每擁抱一次我的眼睛就濕潤一次，心裡就感動一次。其他醫師從來沒有這樣的禮遇。

不記得是第幾次回診，他帶些驚訝的聲音說：「洞口慢慢長合了，嗯！非常好！」那次的擁抱增添了一份溫暖之外的安心。

再過三次去，他拉長了聲音的高度和長度：「真的是奇蹟啊！洞口完全癒合了，恢復得像年輕女子一樣的快速。是奇蹟，是奇蹟！」

那意味著如果是年輕女子就是理所當然，對已經是老婦人的我就是奇蹟。

我不知道自己怎麼創造了那樣的奇蹟，後來口腔就不用再帶義顎的附件，像用義肢行路的人丟開義肢自己走路了。

那奇蹟跟醫師溫暖的擁抱有著某種奇妙的關聯，它讓我有種足以託付依靠的安心。在那樣完全依靠安心養分的滋潤下，讓我醞釀出一份奇蹟中的奇蹟。

妳看起來很好

兩年不見的胃醫師走進來，我們握手互相問好。他看我一眼說：「You look good!」（妳看起來不錯！）我禮貌的謝謝他。記憶裡從前似乎沒聽他這樣說過。

他坐在電腦前查看我的病歷，再翻翻病歷夾，抬頭看我，又說一次：「You are 80 years old now.（妳今年八十歲了。）」再次翻閱病歷：「啊！妳去年動了一次口腔癌的割除手術？」我點頭。他再次仔細看我：「You look very good!」（妳看起來非常好！）

他問我今天來看他的目的。

我逮著機會嘮嘮叨叨述說我像長河流水般的胃病史。

他從電腦座椅起來雙腳交叉站立，一手攬胸一手支額的靜靜聆聽。

聽完了，維持攬胸支額的姿態，用腳尖輕輕敲打著地板，推敲著該怎麼回答我充滿歷史感古老的問題。

「抑制胃酸的藥睡覺前吃是不對的，正確的服用方法是每天晚飯前三十到四十分鐘服用。」停了幾分鐘，他再次翻看病歷：「既然每天晚上還被胃酸鬧醒，睡前再吃一顆 Pepcid（也是一種抑制胃酸的藥）就可以了。」

他認真看我一眼說：「嗯，you really look good!」（妳看起來真的很好！）

他看診完畢邁開要出門的步伐。我緊追著問一句：「不需要做胃鏡嗎？」

他笑容滿臉的說：「不需要，you had enough!」（妳做得夠多了！）

以前幾乎每年做一次胃鏡，結果都是大同小異，沒有胃潰瘍，沒有幽門桿菌，只是胃有點發炎。

「但是，已經兩年多沒做胃鏡呢！」我追著問。

「妳的症狀沒有改變。」他再次笑著：「You had enough, and you look really good!」（妳的胃鏡做得夠多了，而且妳看起來真的很好！）

他的笑容是一朵盛開的花朵，托著我輕鬆的心情，跟自己說一遍：妳看起來真的很好。

美容

一直跟美容沒有什麼緣分，連最流行簡單的紋眉都沒做過。十八歲那年在眼角點掉一顆痣，是臉面上唯一手術的紀錄，並不是為了美容。

我和好友秀姿靠鼻樑的眼角，各有顆一半芝麻大的小黑痣，她在左眼我在右眼。老人家說年紀輕輕的眼角有顆痣可是不好，那是一輩子要流淚的標誌。流淚總是跟痛苦有些牽連，也意味著生命旅途的顛躓難行。年輕的我們對那樣的未來有些猶豫，寧可信其有不可信其無的決定除掉。

秀姿的朋友介紹了一位外科醫師，幾分鐘毫無感覺的取走了。純粹是要改變命運的期盼，算不得美容。十八姑娘一朵花，本身有自然的美，無須借助外力。

那年代美容還不怎麼流行，只聽過隆鼻和割雙眼皮，對我們來說是灰姑娘的神話一般遙遠。

年齡漸大，臉顏面漸變，變得朋友對著照片連聲驚歎！「這是妳嗎？看不大出來。」更直接的：「是妳啊！一點不像呢。」認識了歲月對容顏的殘酷，美容的意念像救美的英雄，時時從腦海裡蹦出來，要拯救受難的臉面。

朋友寄來封電子信，一位韓國太太五十三歲，美容後像三十五歲。照片上的她亮麗得像當紅的電影明星十分讓人心動。朋友接著寄來一封美容全部過程的錄影；女人為了要美麗的容顏連動刀剝皮的疼痛都能忍受；我是絕對沒有那樣的勇氣。

有位女友面頰上兩邊各有些若隱若現的黑斑，零散分布，不注意或粉擦得稍厚些就看不出來。她花了高價做了四次漂白治療，臉面的確細緻白嫩了些。

她又看著手臂上稀落的老人斑頗為礙眼，又不願再多花昂貴的費用，就自己用削水果的刀尖，消毒後一層層挑除。她自創的美容術，讓我驚心又佩服。要用同樣的方法去除她先生臉上的老人斑，先生打死也不肯；女人比男人更能負擔疼痛的重量。

現在美容技術突飛猛進，打肉毒桿菌、打玻尿酸、敷面美容等等。肉毒桿菌的「毒」吃進肚裡會喪命，打在臉上能挽救皺摺的皮膚。玻尿酸原是關節的潤滑劑，用在臉面能滋潤皮膚，重現光滑。可惜都不是一打終身受用，三到六個月的美麗之後，要再次接受針刺的挑戰。剛打過針的臉面，留著一點點像蚊子叮咬過後的紅點，兩三個星期才能真的重現美麗；像蛻皮的蝴蝶變美之前有一段不美的時間。

攬鏡對照，我跟自己打氣，不動刀拉皮，去打幾針撫平臉面的紋路吧。再想到過幾個月就要給臉面扎針的痛，想到痛之後臉面氾濫的紅點，想到昂貴的費用，再次照鏡就安慰自己：現在還沒有那麼難堪呢！

網上廣告每天都有新產品，文字描述誘惑加上用前用後照片為證，價錢比動刀打針要平民化很多。就花錢買了幾種，日日早晚對鏡塗抹。

鏡子裡的皺摺只多沒少，終於認知歲月刻畫在顏面上的痕路，是魔術師都不能平復的。

這幾年頭髮跟眉毛爭先脫落，每次對鏡都是落花流水春去也的驚心。頭髮可以買頂假髮戴上，似乎還沒有出現販賣假眉的，買它兩片貼上去倒也省事。朋友建議說去紋眉吧，一點都不痛，一勞永逸。

先生說：「這把年齡還去美容啊！就用眉筆塗畫一下吧，妳又不是沒有時間。」

廚房及餐桌

人生很大部分的時間是在廚房度過的。廚房只是房間的一部分，遠遠比不上客廳、臥室、浴室的裝潢美好華麗。但是，廚房有爐火的溫暖，有鍋碗瓢盆熱鬧的舞蹈，有菜香肉嫩的誘人面貌，在在都是比其他房間充滿了更多的魅力。

大廳的正式餐廳鋪上美麗的桌布，面對氣派的吊燈，卻都是給人看的，像華麗的衣服穿著去參加派對。廚房的餐桌才是給人用的。五穀雜糧、紅燒肉、香干肉絲、青菜蘿蔔的烹調是供奉生命的泉源。

我家廚房靠洗碗池的窗台，因為是房間裡唯一陽光照射到的地方，擺放幾盆萬年青、長青竹、非洲紫羅蘭、杜鵑花、聖誕紅，熱熱鬧鬧，爭奇鬥豔，集精華於一處，沒有它們，日子過得不知該多麼清貧。

我一早四點多起床，倒杯溫水開始跟餐桌一天的約會。這約會持續著從清晨起床到晚間睏眠，是一生裡最長的約會。

在餐桌看書寫信，看iPhone，在iPad上打字寫作。累了，伸伸腰，抬抬眼，看窗外鳥飛葉落，聽馬路上警車、救護車嗚嗚嗚叫著開過。

廚房圍著餐桌兩面牆上掛著幾個相框，是有心的媳婦每年聖誕節送的禮物。把全家人生活成長的過程濃縮在照片上，每張照片都是一個過往的延伸，能說出好幾個故事。

我抬頭隨意瀏覽著，從這個相框看到那個相框。那張我八十歲的生日照，面前的蛋糕八根燭火還燃燒著，等著我一口氣許願吹滅呢！幾張孫女從小到大的成長照，告訴我生活是這樣一步步爬著階梯，她們長高了。

玫瑰木質的圓桌，上了一層透亮漆顯得光華潤澤。低頭能看到自己的臉面，帶著憂傷或是快樂，跟自己商量著該把日子怎麼過得更美好。

不大不小四尺寬的圓桌面，我和先生對面坐，不會太遠看不清彼此眉眼，也不會太近數得出臉上的刻紋。

兩個人也有意見相左的時候，爭辯的聲音越來越高，窗外的鳥兒都驚得飛走了。桌子卻是沉默的不出一聲意見，是聰明安靜的聽眾，不會得罪任何人。

早幾年電子信還沒有流行，全靠手寫信件來往，每天盼望著從信箱寄信收信。信拿進門就往餐桌上輕輕放下，帶著一份享受下午茶的心情開始拆信讀信。看一段紙上風景，聽一段新譜的樂章。總覺得風景太簡單，樂章太短促，享受沒能盡興。

哪知後來信箱裡再拿不到信，我也不再寄信。iPad上手指頭敲敲打打，硬硬的方塊字，送出去收回來。感情也許一樣的，卻是撫摸不到紙張上暖暖的溫度，風景樂章都是往事煙塵般越飄越遠。

那天在網上看介紹二〇一三年諾貝爾文學獎得主加拿大作家Alice.Munro，竟然有這樣一段話：「從奔赴俄國庫頁島尋訪苦役囚徒的契訶夫，到今天坐在加拿大小鎮的廚房裡，安靜書寫日常生活的愛麗絲。」在廚房寫文章的作家應該不只愛麗絲一位了。

《Harry Potter》的作者，J. K. Rowling每天到咖啡店的桌子上寫故事。因為她那時是一個靠微薄的失業救濟金為生的人，住在簡陋小公寓裡；小公寓沒有夠大的廚房和餐桌吧！

早年在台灣跟父母同住眷村的廚房，小得轉不了身。也是廚房兼飯廳，是家裡唯一的餐桌。廚房終年飄散著濃厚的中藥味道，都是多病母親的用藥，走進廚房像走進一個中藥鋪。

後來眷村拆建，全新的五層樓建築，我家抽到五樓。三房一廳一廚一衛。那廚房比舊眷村的客廳還要大，不鏽鋼全新的爐灶櫥櫃，明亮光暢。可惜父母沒能住過這樣漂亮寬敞的廚房。母親的離開帶走了那濃厚的中藥味道，熬藥的爐頭熄了火，罐子冷卻了，跟著母親帶走了許多人世滄桑。

偶爾坐在桌邊發起呆來，先生走過來拍拍我的肩膀：「在想什麼呢？」

像從夢境中醒過來微微笑著：「沒有啦！」

這餐桌還是做夢與現實之間搭起的一座橋樑。

退休派對

一個月前接到朋友邀請參加他們的退休派對。朋友夫婦共同創業三十年，經歷所有職場打拚的艱困，從一無所有到事業有成。三十年歲月流水過，把他們從青春少年流到六十多歲的老年，他們決定轉讓公司過退休生活。

邀請單上說明：「請參加我們的告別及感謝派對。我們兩人將要跟公司說再見，並對所有過去三十年間對我們幫助的人們說聲謝謝！」

在美國我很少參加他人的退休派對，特別請教好友，並上網查看應該送些什麼合適的禮物。好友說她上班的公司有人退休，大家請他吃頓飯，並按個人喜好送點小東西。譬如選一本書送給愛讀書的人、一本畫冊給愛好繪畫藝術的人、一雙手套、一條圍巾等。

網上則多半建議送一瓶紅酒、糖果等。我們買了一瓶紅酒，及一盒黑巧克力糖，歡喜的心情去赴宴。

門開處，一間長方形的屋子裡，靠牆擺放了一條鋪著漂亮桌布，可坐二三十人的長條桌椅。另一邊較寬的空間一個高櫃檯上擺放了許多餅乾、乾果、糖果、水果、拌好打碎的奇異果泥等。連結轉角的幾個低矮的櫃檯上林林總總已經放滿各種食物，有烤雞胸肉、烤牛肉，有冷盤大蝦，有不同的幾盒大披薩。琳瑯滿目極其豐富，都是大盤盛裝夠幾十個人享用。飲料除了茶水、果汁還有啤酒、紅酒、烈酒等。在在顯示著現代人的豐衣足食。

櫃檯之間靠牆的角落高處兩個大電視屏幕，一個播放年輕男女的歌舞音樂，另一個來回播放朋友公司的成長路程，跟員工們的互動聚會、歡笑快樂時光。朋友邊看邊解說：「這是我們公司最得力的助手某某，這是我們的新產品，這是那次全體員工新春聚餐，這是……」朋友在一片熱鬧氣氛裡，難掩一份懷想舊日美好時光的惆悵。

大家對這個場地取名「Old Community Well in Historic Downtown」（古老社區裡的井）覺得好奇，頻頻詢問：「井在哪裡？」原來就在擺放飲料和酒的櫃檯邊，有一個磚塊砌成半人高兩人合抱寬的建築物，上面放著木板擺些零碎物，下面就是一口井。

朋友租用場地，對這口「井」瞭解不多。我回家後上網查看，這口井原來有它自己的故事。第一位擁有這棟建築的是一位美國南北戰爭時期南軍的軍官兼醫師。那時對酒的管制非常嚴格，軍官就在這棟建築物中間挖了一口井，存放他私人儲存的各種不同的酒。大概是準備招待來賓好友用的。這口井就成為這棟建築裡人們眼中的聚焦點，深居地窖引人關注。如今軍官早已作古，井水早已枯乾，井口早已封閉，只存在著人去樓空的惘然。

朋友夫婦忙著布酒勸菜：「多喝點啊！多吃點啊！」一輪流行走在眾多友人、員工間。好不容易端了一盤食物坐下來跟我們邊吃邊聊。她說：退休了，心情真是輕鬆愉快！要計畫另一段人生路程的規劃。「要好好看看公司外面的世界，要讀一些平日沒時間讀的書，要多跟兒女孫輩們相聚。也要什麼都不做，享受閒雲野鶴的悠閒。」

酒足飯飽拍照留念。人間沒有不散的筵席，大家擁抱說再見。這是一個別開生面的退休派對，給我的人生經歷添加了一頁全新的體驗。

兩天後，朋友郵電信寄來兩卷錄像帶，一卷是派對當天的活動過程，大家舉杯進食的饕餮模樣，歡樂聊天的互動笑容。看到自己也是其中的演員之一，心中感慨盛宴風光之後的清涼。

另一卷是朋友夫婦三十年職場打拚歷史的書寫。他們每年風塵僕僕到不同的城市參加產品展示會，他們的面貌從年輕的風光到老年的風霜，頻幕上一步一腳印走過，留下旅痕，留住記憶。

有人期盼早日退休，有人覺得還不到退休的老朽；在退與不退的情緒起落間，「退休」不聲不響的來到了，「派對」熱熱鬧鬧的展開了，是一齣人生必演的戲碼。

小說

圈套

「此情可待成追憶，只是當時已惘然。」

多年後莊太想到俊彥和娟娟的故事，就聯想起李商隱〈錦瑟〉詩中的這兩句詩詞。莊太從來相信他們小夫妻的婚姻路應該是開天闢地以來最堅韌穩固如磐石，白頭偕老應該是他們在莊太腦海裡永遠刻印的畫面。但是，世路難測，情天蒙塵，畫面在茱蒂設計的圈套中撕裂成兩片。

像看一場喜劇開場、悲劇結束的電影，放映出他們小夫妻一路走過的風霜足跡。走過年輕的美好歲月，中年的歡聲淚影，走到老年的滄海桑田，演繹出一個支離破碎的人生。

是個吹風刮沙的下午。小城是人們口中鳥不生蛋的地方，沒有什麼風景名勝可看。勉強算起來，黃沙飛揚遮天蔽日，是別的地方看不到的。莊太總跟從外地來的朋友說：「勉強也算是個景點吧！」還加油添醋把風沙誇大形容成世界末日般暗無天日。

下午五點，莊太去開餐廳的大門，一股強大的風像門外有一排攻城的士兵阻擋著，莊太怎麼用力也推不開。

「今天晚上生意可是要泡湯了，誰有興致頂著風沙的威脅出門晚餐呢？」莊太口裡嘀咕著再次努力用力推門。

俊彥就在這時接著莊太推門的手力，輕鬆的拉開了大門。一些碎沙踢著俊彥的腳印跟進了餐廳的大門。

俊彥自我介紹，在對面大學讀Meat Science（肉品科學）碩士班，想週末找份工作貼補微薄的獎學金。

那天整個晚上餐廳來了兩桌共四個客人，連找工作的俊彥湊成五個人。

俊彥週五、週六兩個晚上準備蒙古烤肉的肉片，這種體力活只要力氣加勤快就能做出滿分的好成績。週末生意忙，俊彥工作的晚上，不管豬肉、牛肉、羊肉，有時還有額外添加的鹿肉，每種肉片貨源充裕從來沒有短少過。

廚房炒鍋、油鍋，加上蒙古烤肉的大鐵鍋，再強的空調也還是高溫籠罩，像夏天正午的太陽灼人皮肉。俊彥滿臉汗水，上衣T衫浸出汗漬。莊老看著說：「休息一下吧！」他也不聽，悶著頭：「不累，不累，不用休息。」

他臉面黎黑，幾顆擠過的青春痘遺留著深淺的斑點，配著粗眉濃眼，給人粗糙磨礪的感覺。個子粗壯，身材五短，說話有點輕微的口吃，沒有必要就不主動跟別人說話。廚房大廚、炒烤肉的，和油鍋都是越南人，洗碗打雜的兩位是跟他同校的碩士生，雖然也是中國人，因為週末工作都忙，偶爾聊幾句課業、教授的瑣碎事，也就沒什麼多餘交談的時間。

餐廳打烊，俊彥清洗切肉機，匆匆吃過晚餐，就打卡出門回去了，常常連再見也不說一聲。

一年後，娟娟來店裡做服務生，俊彥終於有了個說話的對象。

晚餐桌上俊彥時不時找幾句話跟娟娟對答。娟娟嬌小秀麗，皮膚白皙，細長的眼睛，薄而稜線深刻的唇線，組合成頗有姿色的女子。俊彥看著就想起自己喜愛的茉莉花。

店裡服務生頗有姿色的不只娟娟一個，但是耐心聽完俊彥帶著口吃緩慢的訴說，接受他相貌平庸、身材五短外表的，只有娟娟一個人。

緣分像一支魔杖，幾番飛舞，一段戀情騰空升起，演出一齣喜劇的結尾。

俊彥和娟娟半年後完成了婚姻大事。兩個人都說，租一個公寓，開一份伙食，加上兩個人打工的收入，讓窮學生的日子過得有些富裕起來。

畢業後俊彥在威斯康辛州的大學找到研究部門的工作，娟娟學教育，找工作還沒有著落。

俊彥帶著娟娟跟我們辭別，莊老極喜歡俊彥，我很喜歡娟娟，他們也捨不得離開我們。

「謝謝你們這段時間對我們的照顧，我們一定會回來看你們的。」娟娟眼裡有著淺淺的淚光，白色的臉面滿是淒淒離情。

那年冬天他們有了一個小女兒，照片寄到小城的餐廳，大家看著說：「要是多像娟娟些就更漂亮了。」

威斯康辛冬天長，大雪封地，冷風怒號，跟小城完全不同的風景。剛搬來的娟娟非常懷舊的思念著小城溫暖的生活。有了女兒小珊後，生活忙碌有了轉移的重心，她才漸漸適應了威斯康辛天寬地闊卻寒氣逼人的天氣。

俊彥肉品科學的研究工作做了兩年，存了些錢，決定去讀醫學院。

當年他申請小城大學的醫學院沒有被接受，現在有了一個碩士學位的墊腳石，倒是跨步一跳申請到威斯康辛大學麥迪遜分校醫學院入學許可，還得到一份夠他一個人生活的獎學金。

他辭了工作，重做學生。

一天，莊太接到娟娟寄來的包裹，是手工勾織的一組茶壺茶杯的墊子。白色細線勾出梅花式花紋。四個一組巴掌大小的杯墊，一個比杯墊大兩圈的茶壺墊。

難得看到這樣細緻的手工活，莊太特別歡喜。娟娟那清秀白皙的面容在墊子上輪流迴轉，莊太看得一時有些傷感起來。

娟娟附帶寫了封信：「謝謝您們當初對我和俊彥的照顧。我目前在家帶女兒，閒時勾些手工活送去藝品店售賣。這樣維持著簡樸的生活，讓俊彥能盡快畢業就好。」

莊太電話謝謝她。娟娟還是那柔和細細的嗓音，聽著像小鳥的清唱。莊太想著由於自己餐廳的因緣撮合了這樣一個完美的家庭，有一份成就感的喜悅。

四年後俊彥醫學院畢業，又經過三年的住院實習醫師，他們終於苦盡甘來，過上了他們相識相戀結婚以來最好的日子——經濟上寬裕的好，心靈上親愛的好。

心臟外科醫師的俊彥太忙。實習醫師時忙得不分白天晚上，正式醫師也忙得天昏地暗。俊彥有時一天兩個手術，回到家往床上一躺，娟娟形容：「睡得像死豬，一個翻身都沒有。」

娟娟找工作一直沒有著落，心情難免沒落。俊彥工作又忙，不忍心跟他訴說心裡的事情。還好小珊小學二年級，回家了一籮筐的兒語與沖沖的跟媽媽嘮叨沒完，娟娟能暫時忘卻心情的起落。

那年冬天，娟娟每天病懨懨的打不起精神，一樣的過日子卻覺得累，早晨不想起床，白天無情無緒，晚上睡不安寧。

娟娟忽然意識到，難道自己得了憂鬱症嗎？這病可是不能掉以輕心。這一焦慮娟娟像掉進一個深水的漩渦，夢裡舉高了雙手，大聲呼叫：「俊彥，俊彥，救我，救我。」

俊彥搖醒娟娟，俯身替她擦乾滿臉汗水混合著的淚水。

醫師仔細檢查得出了診斷，不是普通的憂鬱症，是「季節性情緒失調」，英文是「seasonal affective disorder」。也是憂鬱症的一種，但是多半是發生在秋、冬天少有陽光普照的季節。而威斯康辛的秋天來得早，冬天住得長。

「讓你太太帶著女兒去像夏威夷那樣陽光充足的地方住兩個月，到春天回來就沒事了。」

俊彥陪著娟娟和小珊到夏威夷的茂宜島住了兩個星期。

俊彥因為工作先回去了，娟娟和小珊等到三月開春才回家，她們前後住了兩個多月。

俊彥因為工作忙，沒有再陪她們去。小珊剛上小學四年級，感恩節、聖誕節、新年假，耽誤的功課不多。學校校長、老師都知道娟娟特殊的病情，也就不多追究。

小珊讀五年級了，也不好總這樣請假，最後的兩年是娟娟單獨出門的。她選擇近距離的美國境內的亞特蘭大、佛羅里達，或加州的洛杉磯，輪流旅遊般來去。

在陽光普照的晴空萬里，她非常思念俊彥和小珊。有一年娟娟試著拖延出門的時間，拖了快一個月，終於在懨懨的大病中還是走出了家門。

娟娟第五年遠行回來，萬物向陽的初春，家裡卻有吹著冷氣的微涼，桌椅床鋪都顯得陌生，像剛搬了個新家。家，有了一份無從捉摸的淒涼。她盼著小珊和俊彥快快回來，她需要聽到他們的聲音。

小珊從學校回來，看到媽媽非常高興，擁著娟娟像春日的畫眉鳥嘰嘰喳喳說個不停。忽然小珊像唱盤故障的停止運轉，再轉動起來聲音有些迷惘：「媽媽，爸爸最近有時一夜不回家，第二天問他，說太累在醫院睡下了。」

那天晚上俊彥也是一夜不歸，娟娟在睡衣口袋裡發現一封要她簽字的離婚證書。

多年後俊彥抽絲剝繭回想起自己是怎麼掉進茱蒂精心布置的圈套。

茱蒂是俊彥醫療團隊的護士之一。金髮碧眼胖圓臉，身子也圓得豐滿，走起路來兩個乳峰一顫一抖的像趕著赴情人的約會。

茱蒂替俊彥當班的時候總是比其他醫師要周到仔細許多。病人的身高、體重、血壓用藥這些基本資料之外，茱蒂會在有變化的項目特別註明，或在電腦上用橫線、括號、不同的顏色加以標明。俊彥的工作進行就像燒水般已經滾沸不必冷水從頭加溫。俊彥感謝茱蒂。

娟娟冬天兩個月的缺席，給了茱蒂羅織圈套的時間和空間。

總無意間茱蒂跟俊彥在午餐桌上碰了面，在休息室的咖啡台一起倒咖啡，跟同事們閒聊醫院的八卦新聞，下班偶爾一起走向停車場。

娟娟缺席的日子，茱蒂給了俊彥一份似有似無的溫度，似近又遠的包圍著他。這些事茱蒂做得有心有眼，俊彥也不是完全沒有感覺。

那天晚上俊彥動完病人的手術，坐上汽車正要發動引擎，茱蒂突然敲著他的車玻璃窗。

「你能幫我的車子電瓶充電嗎？」

茱蒂車子發動了，她沒有動身的意思。

「謝謝你！我請你去喝杯咖啡吧！就開我的車，試試電瓶運作沒有問題，喝完咖啡送你回來。」俊彥一時也想不出拒絕的理由。

茱蒂把俊彥帶回她的家。

桌上點著燭光，兩杯紅酒，兩碟煙燻沙門魚，幾片吐司麵包放進烤箱。

俊彥掙扎著要站起來，茱蒂溫柔的一手按他坐下，一手遞過酒杯。

酒精的燒灼，點燃起俊彥內裡翻滾的溫度。茱蒂溫柔的體溫，兩坨肉墩墩的惹火讓溫度上升到飆高的頂峰，撩起他膨脹的慾念。

後來茱蒂告訴俊彥，她一直喜歡俊彥獨特剛勁的男子氣概，喜歡他豪爽不拘小節，喜歡他五短身材和說話輕微的口吃。她是這樣喜歡得近乎膩愛的愛著俊彥。

她是一個農村大家庭裡的長女，兄弟姐妹九個人，只有她是受過正規教育的註冊護士，俊彥心臟醫師豐厚的收入，能改善她的家庭經濟生活。

茱蒂決心要征服自己心儀而合適的男人。

娟娟手捧著那疊燙手的熱山芋，每張紙頁像撒滿了毒藥，每個字像尖銳的刀鋒要劃破她毫無設防的心房。

娟娟無法接受這樣的事實。執著的俊彥從來不是厭舊喜新的人，他只是迷了路，找不到回家了。缺席的娟娟現在回家了，她要牽起俊彥的手帶他回家。

娟娟打電話去醫院，院方說俊彥拿了三個星期的假期，去歐洲旅遊了。

娟娟給俊彥寫微信，說自己不會簽字離婚，說不會怪罪他，說自己再也不會生病，不會出門。她要一直陪著俊彥，像他們在小城莊家夫婦店裡打工的日子，簡單快樂。

有一天她寫著：「讓我們回小城去吧，帶著小珊去看看我們曾經美好生活過的地方。我們看南來的大雁，看蔽日的風沙，看無邊無際的棉花田。」

俊彥收到第一封娟娟的微信就像掃除病毒般按下清除，像躲避瘟疫再不踏進微信的地盤。他渾身上下都帶著污垢羞恥，像從魔鬼的符咒下走出來的靈魂。他哪裡還有半絲顏面去面對娟娟和小珊？每個字都有娟娟清澈的凝視，他邪惡的眼神不敢回視。

更巨大的傷痛治癒了娟娟的冬季憂鬱症。

時間總是用它的大手掌，努力撫平人世間路途上的坑洞凹凸，讓他們受創失落的身心走回原來的家園。

她像一棵被冬天風雪覆蓋的茉莉花，撐開春日初晴的大地，展開復原的生長。

生命裡突然爆發出埋在心底的火山光炬，照亮了她往後的長遠路途。她握有小珊一生命運的幸福。她曾經片段的失去做個完美妻子和母親的機會，眼看要永遠失去飾演妻子的角色，她要把母親的戲碼演出好成績。

俊彥中風後，茱蒂來看娟娟。

是一個微風輕搖、天空蔚藍的秋天。茱蒂跟娟娟說：「俊彥中風了，還好發現得早，我悉心照料，現在完全復原。看在上帝的份上，請妳簽字離婚，讓我名正言順做他的妻子好好照顧他。」

娟娟沉默著簽完字，只說了一句話：「請善待俊彥。」

「我會好好照顧他的。」

茱蒂走出了家門，娟娟才讓眼底翻騰的淚水暢流而下。

晶亮的藍天不知什麼時候飄來幾片烏雲，眼看又要到她以前不敢面對的冬天，娟娟要證實自己努力的成果，像一個懼怕荷槍的士兵，終於發射了第一發子彈。

一位在醫院做研究技術員的中國人，問娟娟為什麼要簽字離婚。「妳知道茱蒂用什麼手段得到蕭醫師的嗎？」她加油添醋把她聽到的傳言轉述給娟娟。娟娟平靜的聽完，回答一句：「並不完全是茱蒂，是俊彥自己回不了頭。謝謝妳告訴我這些，其實我也早就風聞了一些。」

冬天初初邁出腳步，幾片早凋的落葉很不情願的滾動在馬路上，不知該左轉還是右轉，最終漂泊得累了，棲息路邊不再奔跑。

俊彥決定把一本他跟娟娟婚後就開始儲存的存摺寄給娟娟母女。茱蒂對金錢的透視像銳利的鷹眼看得清楚。這本存摺記錄了他和娟娟走過的一分一厘一斤一兩，他從存摺中退出自己的股份，娟娟是唯一接手的人。

娟娟電話裡跟莊太說：「我跟俊彥離婚了。」

莊太吃驚的問：「妳說什麼？」

娟娟大致說了些茱蒂跟俊彥間看似複雜其實簡單的經過。

「這個茱蒂是個厲害人物啊！」莊太停頓了幾分鐘：「妳帶女兒來小城住一段時間吧！」

利用小珊的聖誕假期，她們飛回小城去。

出門前那天夜裡一夜風雪，屋簷的雪水凝結吊掛著像牛尾巴般粗壯的冰柱。第二天早晨經太陽一照射，冰柱劈劈啪啪一節節先後掉落地面，發出清澈斷裂的聲音。

娟娟帶小珊看以前她和俊彥居住的小公寓。當年的小公寓拆建成今日兩戶一棟的公寓，娟娟大約認得她和俊彥婚後居住的那間。那裡裝滿他們甜蜜靜好的歲月，雖然短暫卻充滿希望，等待著永恆。

莊老夫婦臉面都有了歲月的風霜，但是兩人周旋在眾多老顧客、新朋友之間精神奕奕。

娟娟指給小珊看牆壁上那幅刺繡長城大型風景畫，當年跟俊彥結婚時唯一的一張結婚照片，就是以這幅刺繡為背景。

俊彥對著照片跟娟娟說：「我們長長久久的相守，像萬里長城千年長存。」

兩年後俊彥第二次中風，要坐輪椅代步，站起來搖搖晃晃。

那天他坐在後院的蘋果樹下，三月天了，枝頭有新發的嫩芽。啊！春天快到了嗎？他迷惘的一時怔忡起來。

他再不是那個雄心勃勃醫術救人的俊彥。他是連接個電話都偷偷摸摸，怕隔牆有耳。是的，要等茱蒂那雙耳朵出了家門，他才打開自己的耳朵，張開自己的嘴巴開始說話。

因為茱蒂會為某一個電話而情緒波動。電話如果是中文交談，她更是像蒼蠅追著腐肉般，讓俊彥疲於應付。

日子怎麼會過成這樣沒骨沒肉的呢？

因為他蕭俊彥的每根筋骨、每塊肉的紋理都綁進茱蒂的圈套裡。

茱蒂拿走了俊彥的駕照、護照、保險卡社會福安卡及一張信用卡。「親愛的，這些重要資料我保管比較安全。」

在圈套裡他失去了自己的身份。

他們結婚後，茱蒂就辭去護士的工作。

「我把家照顧好，你專心做醫師就好。照顧好一個家是全天候的全職工作呢！」

他們買了一個郊區的兩層樓房，五房三廳四衛浴，方便茱蒂家人來做客。茱蒂從家具到地板、地毯、窗簾、床單床罩，全部一手策畫裝修。俊彥必須承認，茱蒂把家照顧得十分美好，整齊清潔之外，有一份溫暖的空氣穿梭在每個房間的角落。俊彥在她精心策畫的溫度中漸漸沒有了禦寒的能力。

第一次中風後，半退休狀態的俊彥跟著茱蒂一家大隊人馬到歐洲、非洲、阿拉斯加各處旅遊。每次茱蒂全家大小十幾個人，是旅遊團隊最大的陣容。那時俊彥還會計較茱蒂用錢太多，跟她有過幾次爭吵。

他再次中風後就不計較花錢的多少，放手讓茱蒂打理著一切。茱蒂推著輪椅讓俊彥跟著她的足跡前進後退。她陪著他做復健，每天在家為他按摩沐浴。每星期三天有特別專業護士來家裡進行心理治療。怕病人陷入絕望的陰影失去生存的意願。茱蒂跟俊彥說：「親愛的，你要有信心，你一定會好起來的。我們的好日子還在後頭呢！」

全家出遊就都選擇上郵輪。俊彥被推上郵輪，請一位專業服務生照顧著。茱蒂全家人把郵輪像住家一樣過得舒適。

俊彥總催著茱蒂：「妳去跟家人聚聚，我一個人清靜清靜。」

「好的。親愛的，有事打我的手機。」

他最常到三樓靠邊的咖啡座，那裡有他享受的清靜。

他看著外面的海天一色，世界平靜美好得有份淒惻的美麗。

重噸位的船舷撞擊著海浪，衝撞出一波接一波的漣漪，藍色白色的漣漪你推我擠，擠出一個個形狀如美麗的芭蕉葉扇子，一個扇子又一個扇子，流動著從俊彥眼底流走遠去。

它們的生命真熱鬧風趣啊！俊彥感歎著。他沒來頭的思念起娟娟，啊！娟娟，我的小茉莉花，被我踐踏了的茉莉花。他舉起手背抹去眼角的淚水。

服務生來問他：「蕭醫師，您要不要我推你去午餐？你的夫人們在餐廳等著你。」

蕭醫師，多久了沒有人叫他醫師了。多麼陌生的稱呼啊！

跟茱蒂剛結婚時，娟娟偶爾會打電話給他。娟娟來的電話，多半茱蒂會以他在睡覺、他在上班、他在洗澡、在做運動等理由推託掉，十次電話大概能有一次彼此說上話。

俊彥總選擇茱蒂出門去美容院剪頭、燙頭，或是去買化妝品、衣服，買菜等時候給娟娟電話，也只能問問妳好嗎等無關痛癢的話語。娟娟最常告訴俊彥的就是女兒小珊的近況。

不住在一個屋簷下，沒有共同的桌椅家具，失去了共同的一些記憶，話題就難以為繼。

俊彥說：「我要掛電話了，茱蒂快回來了。」

茱蒂如果知道他給娟娟打了電話，表面上也沒見什麼臉色，只是幾天環繞著屋子每個角落的冷冷清清，俊彥連心都寒起來。茱蒂嫉妒娟娟，處處防著娟娟，怕哪一天娟娟會來把俊彥從她身邊帶走。

有兩次俊彥電話讓娟娟去接他回家。「我想家！昨天晚上夢裡我回家了。」

「俊彥，那是你夢裡的家。你現在住的才是你真正的家。」

「但是，我想夢裡的家。」

娟娟心底一陣疼痛。俊彥想家了，迷路的俊彥終於要她帶路回家了。

小珊大學畢業在威斯康辛的Green Bay找到工作，娟娟平日都陪小珊住在她租的小公寓。一個月一次，有時兩個月一次，娟娟開車一個半小時去她和俊彥的家清潔整理一下。小珊說了幾次讓媽媽把那房子賣了，免得這樣來回辛苦奔波。娟娟心想那是我和俊彥唯一留下共同的記憶，不想讓它消失。

娟娟車開四十分鐘後，俊彥忽然來電話：「娟娟，妳不要來了，茱蒂不會讓我離開的。妳回家吧……」

迷路的俊彥被茱蒂帶回家了，多年前就被帶回茱蒂的家了。

一年後，又一次同樣的祈求，同樣半途打發娟娟回家，同樣聲音裡有著無奈和憂愁。

娟娟終於明白，俊彥已經安於圈套裡的日子。生活一旦習慣於一種方式，就像穿慣了的衣褲，一旦套上新衣手腳都無處擺放。兩次中風吹走了俊彥往日的堅毅果斷，如今思前想後優柔寡斷拿不定主意，像半路故障的汽車，剛發動走幾步又熄火。

他已經習慣茱蒂的照顧，回老家的念頭剛興起，又怕失去新家的寵愛而打消。

當時間的滑輪沒有彼此的潤澤，俊彥和娟娟就慢慢滑出了彼此的道路。俊彥偶爾會惦念著娟娟，時不時在滑動輪軸狹窄的空間，看到娟娟那纖小的身影，那朵白得秀氣的茉莉花。娟娟倒是自自然然像飄過的雲影越飄越遠，終至漸漸看不清俊彥的面貌。

娟娟過了六十歲生日，決定搬去加州長住。

女兒結了婚，嫁了個藥劑師，生活安定，兩個人說好了不要養孩子。娟娟倒不須為孫輩勞碌煩心。

這些年她靠著俊彥送來的存摺利息收入過日子，不是富翁也從不匱乏。她勾織手工技術越來越純熟，常常店家催貨她卻做得隨性。

一次參加老人旅行團到加州玩一趟，她愛上了加州四季如春的好天氣。她曾經為尋找陽光而拜訪過加州，那是個不用她追陽光而陽光隨時照著她的城市。

行前她去看望俊彥。這麼多年沒有彼此的身影，在歲月的催逼中，不知俊彥的胖瘦高矮。常年輪椅生活的俊彥，身體發福臃腫了，輪椅都快裝不住。茱蒂除了走路有些蹣跚，精神倒還不錯。他們請了一位鐘點工每天幫忙照顧，兼做些洗衣煮飯的瑣碎家事。

娟娟內心湧起一份悲傷，自己的樣子在他們眼裡也是陌生的吧！

茱蒂的圈套經過多年的風霜雨雪，鬆散得像空中的飄蓬，她沒有意願也無須費心去抓回來。她和俊彥如今是相互依靠的老伴，她常跟俊彥說：「彥，我們最好的日子過去了，但是我們要把未來的日子也過得好。」

娟娟看著俊彥：「俊彥，我要搬去加州了。」

「加州好！加州好！妳每天看到陽光，真好！」俊彥盡量把口齒咬得清楚，讓娟娟聽得明白。

娟娟轉向茱蒂：「謝謝妳這些年照顧著俊彥。」

「我答應過妳我會好好照顧他的。」

娟娟搬去加州後跟莊太電話多起來。莊老夫婦從餐廳退休，莊太跟娟娟的電話聊得時間長。

「我去這邊的老人活動中心，花很少的錢就有專車接送，還有早餐、午餐供應。我在學國畫，老師很有耐心……生活過得很豐富的……」

莊太問起俊彥，娟娟說搬來加州前去跟他道別：「都老了，坐著輪椅過日子，好在茱蒂對他很好，老夫老妻的好！」

莊太心裡卻想著，要是俊彥也在加州，也在娟娟身邊，那該多好！他們本來就該是白頭偕老的一對。

高空的雁群呱呱呱呱飛過屋頂，電話裡娟娟的聲音都被蓋住了。

感情路何處是歸宿

大弟比我小兩歲，排行老二。下面兩個弟弟，兩個妹妹。我是他們的大姐。

大弟比一般男孩子個兒高些，不瘦不胖，身材適中。臉面上兩條眉毛之間淺淺的一個分界，距離不寬。眼光是柔和的，鼻子是挺直的，嘴唇略顯單薄，整體不是特別的出眾，在我這大姐眼裡也算是英俊挺拔的。

大弟人極老實忠厚，做事一板一眼計畫周詳，從不踰矩。因為不踰矩就缺少一些男孩子的膽大敢做敢為，常常畏首畏尾拿不定主意。

中規中矩老實的大弟，怎麼也想不到會跟三個女人演繹出三個不同的故事。該是四個的，第一個純粹是他個人的單戀，是一首獨奏的單弦從來沒有得到和聲的回應。這裡就不提她的名字。

玉芝

大弟大學畢業，要去澳洲深造前，一天匆匆跑來找我。

中午上完課在辦公室跟同事們一邊吃著便當一邊聊天，大弟在辦公室門口一聲「姐」，像一顆小石子蹦進我的便當裡。他從來都是我下班回家或週末休息時來看我的。

「你怎麼這時候來找我？」

「姐，妳得幫我拿個主意，我……恐怕要趕快結婚了。」

「你不是都辦好了去澳洲讀書的手續？」

「玉芝昨天說她懷孕了。」

大弟搓著雙手像給螞蟻咬了似的，眉頭蹙緊滿臉憂傷。我一時反應不過來。大弟很快想起什麼來，搖著雙手說：「姐姐，完全是她主動的，我從來……沒有一次主動過……」

忠厚老實的大弟竟然做出這樣越出常規的事情，我這大姐對他的瞭解還是有一定程度的偏差。

母親跟我一樣不能相信老實的大弟會鬧出未婚生子的事情，也跟所有的母親一樣認定必定是女方的過錯。而母親從開始就不喜歡玉芝。

「又黑又瘦，又一點都不漂亮，一看就是福分單薄的女人。」

現在母親更有了說詞：「什麼樣的女人沒結婚就懷了人家的孩子？誰知道是不是妳大弟的孩子？再或許根本沒有懷孕，看他要出國騙著跟你大弟結婚呢！」

兩年半後，大弟帶著挺著大肚子的玉芝學成歸國。

母親有著先知預言的勝利。「當初我是怎麼說的？現在該相信我的話了吧！」大弟的說法是：「玉芝說女孩子每個月的好朋友過了期，自己以為是懷上孩子了。姐姐，我看她是怕我出國後變了心。其實我怎麼會是這樣不負責任的人。」

大弟打算留在澳洲工作一段時間再回國的計畫，被玉芝漸漸挺起的肚子擱淺了。那時白澳政策的澳洲不容許外國人的孩子出生在他們的國土。

大弟回來很快在紡織公司找到工作。他做事認真負責很得老闆的信任，工資升得快，地位也升得高。

兩年後，大弟離開公司自己成立新公司，生意做得蒸蒸日上，日子過得風風火火。兒子女兒相繼來到，車子買了一部，房子買了幾棟。

人生如果有黃金歲月，那幾年就是大弟的黃金期。

每天出門上班前，玉芝替他穿上西裝、套上皮鞋，公事包遞到手上。下班回家，拖鞋早就放在玄關，茶和報紙放在沙發邊的茶几上。他看報喝茶等著玉芝一句：「吃飯了！」那樣的好日子過了大概六七年。

大弟覺得我這位中學老師的大姐生活太過清苦吧，隔不久就會帶些點心水果來看我。一次我生了一場不大不小的病，大弟提著大包小包的燕窩、人參來。平日仔細小心的他跟我說：「姐姐，身體最重要，病後的身子一定要好好進補，這些東西要按時好好吃。」那種時候我覺得自己是受寵的妹妹，有個疼愛我的哥哥照顧我。我們姐弟間有一份不同於其他弟妹的感情。

母親身體一向不好，年過五十就常常進出醫院，過一陣還要把醫院當成家的住幾天。母親住院時，大弟風雨無阻，每天下班就去買熱的餛飩、包子或麵條送到母親的病床邊。「媽媽，都是妳愛吃的麵食，趁熱吃。」母親請了一位二十四小時日夜看顧的護士，大弟還是堅持自己張羅著等母親吃完才回家。玉芝偶爾會說一句：「你們家兄弟姐妹那麼多，誰像你這樣天天下班後再去加班的？」「我是長子嘛！應該多盡點孝道。」

那個年代節育知識不普遍，母親四十歲以後又生了小弟和小妹。母親常常說：「我們家沒有這後面多餘的兩個，也算是很幸福的家庭。」

小弟小妹年過二十先後精神分裂，小弟程度輕，小妹是重度殘障。小妹看病拿藥進出精神病院等瑣碎事情，大弟是父親最大的幫手，讓我這個做大姐的心存慚愧。

他自己後來中風復原後也總是堅持每個星期一次去看望小弟和小妹。我出國，父母相繼離世，他拖著殘障的身體做一個盡職的大家長。

他常常在長途電話裡歎著長長的氣：「姐姐，小妹真是可憐！一個那麼聰明的女孩子被這場病摧毀了一生。」

悲天憫人的心懷融入對小妹的憐惜，完全忘卻他自己的不幸。

大弟的黃金歲月的結束並不是他中風後才開始的。

不知從什麼時候開始，玉芝對大弟態度有了緩慢的轉變。從出門上班不再為他拿提包，下班回家不再為他遞拖鞋，到大弟前腳出門玉芝後腳跟進去鄰居家打麻將。

過日子像太陽的升起與滑落，天天發生，日日進行，人們都習以為常，大弟也習以為常的失去了他黃金歲月的履痕。

他電話裡跟我歎氣：「唉！玉芝好像變了個人，晚上回家有時連晚飯都沒做。這也就算了，小兒子星光帶著鑰匙串放學回家自己開門找冰箱的冷東西吃。我說她一句她回我十句：『嫁給你十幾年做牛做馬，我做夠了……』。」

電話那頭的聲音漸漸微弱，以一聲長長的「唉！」收了尾音。

半年以後大弟再來電話，高高興興的：「姐姐我找到應付玉芝的方法了。過不久送她個小禮物，就什麼都雨過天晴了。」

小禮物包括一個小鑽戒、一條白金項鍊、一件黑色風衣、一條毛料黑圍巾。玉芝偏愛黑色穿著，她說黑色讓自己偏黑的膚色顯出些亮度。

大弟鬆了口氣：「反正只要她要什麼我就買什麼給她。」

他沒想到有一天玉芝要的是再多金錢也買不到的。

大弟的黃金歲月像一套精緻的西服幾經清洗褪了顏色，日子過得是一把銅鏽的茶壺，沖泡的茶水混濁暗沉。他五十一歲中風，這陣風把他吹得東倒西歪失去了平衡，日子更是過成了破銅爛鐵的淒涼。

台北淒風苦雨的冬天總也過不完，不是很冷，但是滴滴答答的冬雨浸濕了每個人的衣服鞋襪，心底都濕得擰得出水來。

大弟跟我說的第一句話是：「姐姐，我這一跤摔得好慘。」他面容憔悴，臉色張惶，只有那沿著下顎的鬍鬚不畏病痛生機盎然的成長著。

大弟雖然個性柔弱不夠決斷，他的的意志力卻是堅強的，像一枝柳條，風吹雨打東倒西歪卻從不折斷。

讀高中時，他不分寒暑每天絕早在我們眷村狹小的院子朗讀背誦英文。下雨天撐著傘伴著雨滴朗朗誦讀，隔著窗子我聽著像是二重唱。

堅強意志力的支撐，復健師的指導，大弟復原得很快。

中風後的前兩年，玉芝在小禮物的安撫下也算盡心盡力的照顧著他，特別大弟以她的名字買下北投一棟高級獨門獨院的別墅後。雖然上下班再沒有遞皮包、拿拖鞋的待遇，三餐飯菜和一般的家事還是按時應付著。

大弟中風後父親母親不定時的去看望他。

母親不止一次特別把大弟拉到房間，故意放大了聲音：「你中風過的身體，不能太多房事，要記得啊！」

客廳的玉芝當然聽得清楚，晚上就跟大弟說：「不能太多房事，你媽媽知不知道你都快變成性無能了。」

大弟後來在電話裡跟我說了一句形容男人的形容詞：「玉芝很好色的。」我差點把話筒給滑落地上。

玉芝的哥哥幫大弟全家辦理申請美國移民，申請拖了十年才獲批准。最初大弟沒有要去美國的意願，是玉芝吵著：「辦了移民手續批下來也不知是哪年哪月的事，到時不去也沒關係呀！」

中風後的大弟更是有了理由：「我這樣的身體，到美國能做什麼？待在台灣好歹是我自己的公司。」

「先出去看看再說嘛！當作是全家出國旅遊一趟好了。」

玉芝成長了自己的脾性，氣焰高起來後，更是由不得大弟願不願意了。

在北加州一個風景宜人的小鎮，住著玉芝的弟弟一家人。玉芝形容那是天上人間般美麗的地方，他們就在那個美麗的小鎮落腳生根。

大弟用現金買了一棟四房兩廳兩個車庫的房子。

他開始積極進行找工作。一輩子從事紡織業的進出口生意，從未涉足其他行業。在台灣是自己的公司，手下有幾個得力的員工。大弟對人厚道，員工對他忠心。

加州人生地不熟，東碰西撞高不成低不就。老闆看到他偏高的年齡、缺陷的手腳，看不到他實際的能力。有一家中國人的公司跟他面談後直接說：「你都做了那麼多年的老闆，我們這小廟不能委屈你。」

半年後，他安頓好孩子們上學的事宜，留給玉芝一筆可觀的生活費，自己一個人飛回台灣，做他原本做得有聲有色的本行。

一年後，我和住在加州的大妹一起去看玉芝和三個孩子們。大兒子星高，女兒星慧，小兒子星光。孩子們沒什麼太大情緒的起落，玉芝倒像變了個人，讓我和大妹覺得陌生。

玉芝說她好喜歡好喜歡，一連說了幾個好喜歡美國。「哎呀！我簡直是像從一個大牢籠裡放了出來，重獲自由了！我才知道以前自己住在一個多麼狹窄的牢籠裡。」

她膨脹的笑容比美加州亮麗的陽光，奔馳的快樂寫滿她原本稍黑的臉面。

她說正在學開車。「這邊一位中國鄰居介紹一個美國人教我學開車。我弟弟教過我幾次，說我太笨了沒有耐心再教。」她笑得瞇著小眼睛眼球滴溜的轉動。

美國是一顆巨大的鑽石，玉芝完全被它四射的光彩迷惑得失去了東南西北的方位。那光彩讓她臉色開朗，眼色興奮。我想起多年前跟大弟新婚遠赴澳洲的她，曾經有過這樣的容貌精神。

我和大妹感染不了玉芝的快樂，無法回應那大牢籠的抱怨。玉芝的快樂是鼓脹的氣球，高高飄上天空。我抬頭仰望，隱隱然只看到大弟孤單的身影。一幅快樂幸福家庭的圖畫，畫面上找不到男主人的位置。

大弟一個人住在玉芝名下的大房子裡，我每年回台灣一次住他家，每天陪他晨走爬山。因為長久的拖著右腳，抖著右手，右肩膀就斜著像一根被風吹歪了偏高的竹竿。我在後面看著那個孤苦伶仃殘障早衰的老人，他不再是我當年英挺俊拔的大弟。

大弟連連問了幾個為什麼？為什麼玉芝非要跟我離婚？我們一年見一次面，跟離婚也差不多了。她要什麼我給什麼，她還有什麼不滿意的？」

從當年的送禮物，到現在的要什麼給什麼，單純的大弟還沒有開悟，世間有些東西是再多金錢也買不到的。

我勸大弟：「你還是趕快到美國來長住吧！也許還來得及挽回。」

他聽我的勸告到美國住了一個多月。玉芝像招待暫住的客人，給他準備了專用的客房，照顧他吃的喝的，出門還會交代：「冰箱裡有做好的韭菜盒子，中午你自己放微波爐熱了吃。」談到離婚的事，玉芝冷靜的說：「我到美國才知道以前自己都白活了。牢籠裡蹲了許多年，現在不會再被你囚禁了。我們好合好散，這婚是離定了。」

回台灣前他到我德州小城的家住了幾天。

那年的秋天，小城有早早飛來避寒的加拿大雁群。我家隔著馬路對面有個小湖，大雁群聚湖面，隨性飛上落下。那天黃昏，我跟大弟就坐在湖邊看牠們悠然的起落，直到落日完全歸去。

「姐姐，」大弟的話支支吾吾的，「我發現玉芝好像……有了男朋友。」

像一隻大雁突然從高空掉落湖水，我的心撲通一聲墜落下來。

「不會的吧？玉芝……」

到美國後的玉芝像她說的如魚得水，游著游著游出了一份清水洗滌過後的明爽。那次跟大妹去她家看到的玉芝，就是徐娘半老風韻猶存的女人。

我發現常常有個美國男人打電話找她。

「你不問她是誰？」

我們一天難得說幾句話，我說話她像沒聽到。是有一天我悄悄問星光，他說：「是呀，有時一天好幾個電話，而且媽媽有時一早出門，到晚上才回來，晚飯都是姐姐燒的。」

她的英文能夠跟美國人溝通嗎？

我也覺得奇怪。她出國前倒是去補習過一段時間英文的，普通會話大概還可以，反正我從來沒聽過。

「這事也怪我，」大弟接著說，「我當初如果留在美國就不會發生這樣的事。」

大弟一聲長長的「唉！」驚起群雁振翅騰空飛去，滿天灰雲在秋日的黃昏裡踟躕飄遊，我們緩慢的走回家去。

大弟的「唉！」成了他習慣的標誌，唉著歎著漸漸像漏了氣的氣球，心底儲存的悲傷沒有支撐的腳架，也就隨風而去自然的消失了，不然大弟怎麼承受這樣一波接一波不斷的衝擊。

玉芝的男朋友名叫湯姆，就是鄰居介紹教她開車的美國人。他六十多歲，離了婚，平日做點替人裝修房屋的零工。大弟連他斷了一根小指頭的事都打聽出來了。

「我就不懂，玉芝怎麼會看上那個沒受什麼教育的美國人，他哪一點比我強？」

我們兄弟姐妹，特別在美國的我和大妹，都覺得大弟應該趕快辦完離婚手續。

大妹氣憤的說：「憑什麼大哥要戴這頂綠帽子？」

我心疼大弟這麼多年像孤兒般的生活，早早離婚自己後半輩子也許還可以過幾年平靜安寧的日子。

大弟一再拖延的理由是玉芝到底是孩子們的母親，目前被湯姆矇昏了頭，往後她的日子不好過，總有一天會後悔的。

大弟一再懇求我勸勸迷途的玉芝能回到正常的生活軌道。變心的女人是沉睡的石雕，玉芝的求去更比石雕多了些風霜的稜角，把我苦心的規勸切割得斑斑血跡。

每次對熱切盼望回音的大弟，不能呈現自己的傷痛只能沉默無語。越洋那邊電話裡是大弟沉重的歎息。

大弟離婚的事拖了一年多才完全辦清手續。

玉芝把台灣她名下那棟別墅的大房子賣了，因為急著出手價錢賣得低。大弟搬到辦公室頂樓，原來是儲藏室裡隔出一間來居住。我勸大弟把租給人家的房子收回一棟自己住。住了幾十年的老屋，住著大弟半生歲月的痕跡，住著他生命的起落興衰，他心灰意冷不想另起爐灶。

「這裡很好，下樓辦公，上樓睡覺，對我來說真的方便。」

大弟的大兒子星高在加州社區大學混了幾年也沒畢業，在大妹居家附近的一家餐廳做廚師的工作。他休息不回家的時候就去他的姑姑家說說話吃頓飯。

很多關於大弟和玉芝的事情，大妹透過星高的描述再轉述給我聽。

「就是因為交上了湯姆，媽媽才要跟爸爸離婚的。我一再告訴媽媽：『湯姆不是看上妳的姿色，是看上台灣那棟房子的資金。』」

最戲劇化的一次是星高把媽媽帶到大妹家，兩個人講著話，忽然星高跑到廚房拿起菜刀向著媽媽叫：「妳要賣台灣那棟房子，我就先死給妳看。」

「好恐怖喔！姐姐。不是我先生搶下刀，真的會鬧出人命的。」電話裡大妹的聲音還有著驚恼餘音的顫抖。

「姐姐，妳知道那時大嫂她什麼話都不說，一臉冰霜的看著星高，好像那是別人的兒子。」大妹追加一句：「這女人真狠心。」

離了婚玉芝跟我的牽線中斷了。偶爾跟大弟的孩子們在加州或台灣見個面，大家絕口不提玉芝的名字。平日優柔的大弟，用斬釘截鐵的聲音跟每個孩子大聲宣布：「以後絕對不要在我面前提起你們母親的任何事情。」

他曾經那樣委曲求全，玉芝傷透了大弟的心。

我幾乎忘記玉芝這個名字的時候，卻意外的在二十多年後又聽到她的聲音。

「大姐，我是玉芝。」我想了半天：「啊！妳是玉芝呀！」

她閒話家常的問候一番才進入主題：「妳大弟現在年齡越來越大，身體越來越不好，真的需要一個人日夜二十四小時的照顧。今年夏天我回台灣看過他，跟他談起回去照顧他的事。」

「大弟現在有一位照顧他的女人，妳是知道的吧？」

「我聽星慧說那個女人並不是二十四小時都陪著他的。」

玉芝的意思明顯的要我說服大弟讓她回去照顧當初被她不顧一切拋棄的丈夫。

大弟跟我每週一次或兩次電話聯繫，身體不適的症狀、醫師診斷的疑惑、藥物的副作用、做胃鏡、開白內障、拔牙鑲牙等大小事都跟我說，卻沒有提起跟玉芝見面的事。

「你跟玉芝夏天見過面了，沒有跟我說過呢！」

「姐姐，她讓星慧轉達要回來照顧我的話，也不是第一次，說了很多年。後來她自己來過幾次電話，我也沒有接腔。這是第一次見面，她說起要回來照顧我。」

「那個湯姆呢？」

「聽星高說是把她的錢連花帶騙散光了，大概有了另外的女朋友。」

「你怎麼回答玉芝呢？」

「我說得很清楚，曉娟照顧我十多年了，她不主動離開我，我不會讓她離開的。」

曉娟

曉娟是大弟離婚後第二任女朋友，五十多近六十的年齡，個子不高，身材挺直，方方的臉面，眉眼缺少點清明乾淨，像是沒有從睡夢中醒過來。她衣服穿著顏色比較深色灰暗，襯著臉面隱隱然透著些憂鬱氣質。

他們是透過婚姻介紹公司認識的。交往一陣，說好大弟每個月付曉娟一筆錢，數目比她工作的薪水要多一些，她也就辭了工作在家專門陪著大弟。這一陪就陪了十年。

「我們說白了就是雇傭關係，我付錢，她上班。」

「這麼多年，總該陪出些感情了吧？」

「沒有什麼感情，從一開始我就跟她明白表示，不會跟她結婚的。她一直催著我跟她結婚。」

大弟一聲歎氣：「我這輩子哪裡還會再結婚呢！我說得清楚：『妳願意我們就交往，妳有了更好的選擇隨時可以離開，我們誰也不欠誰。』」

曉娟膚色偏白，又不是純粹的白，摻著些黃蒼。跟大弟交往後，衣服、鞋子、皮包一件件升級，從普通到名牌，從灰暗到明亮，臉色也擦了白粉般升級著擠走了蒼黃。

一切顯示曉娟平常的日子過得並不差，一筆不錯的薪水，每天只張羅一次早餐，中餐、晚餐都是在頗有名氣的餐廳享用。

我回台灣大弟請客吃飯，選餐廳的時候，曉娟如數家珍，很多是我從沒聽過的陌生名字。都是檔次不低小有名氣的餐廳。

大弟在金錢方面對曉娟也是大方的，後來又把一棟房子轉在曉娟的名下。

他們沒有結婚，生活卻像很多夫妻的行進模式，在一起久了也有夫妻間的摩擦，彼此的生活齒輪都磨合得平台般沒有起伏。大弟沒有什麼，以前他滿腦子怎麼賺錢，現在滿腦子怎麼養生長壽。曉娟不一樣，她比大弟年輕十多歲，身體少有病痛，她缺少一份生活的安全感。像攀附在樹上的藤條，大弟是一棵千瘡百孔的病樹，經不得稍有重量的風雨，曉娟擔心有一天這棵樹倒下了，她將何所依歸？

曉娟一次跟我說：「姐姐，跟了他快十年連個名份都沒有，覺得自己很不值。」

這話說得也是真心，我轉給大弟聽。

「姐姐，我自己是風中殘燭，哪裡顧得到那麼多呢？只能做到不要虧待她就好了。其實曉娟往後的生活只要計畫著過日子，這幾年存的錢，加上這棟房子，應該是沒有問題的。」

曉娟沒有安全感像發酵的麵團開始膨脹，她酸不溜丟的不時鬧些小脾氣，有時賭氣好幾天不跟大弟說一句話，後來就回自己跟前夫生的女兒家，說是要看顧外孫女。先是一天半日不回家，後來兩天、三天的缺席，有一次出門五天連電話都不給大弟打一個。

這些事被半年回台灣一次看望大弟的女兒星慧看在眼裡。

「爸爸，你身體這樣差，一定要有人二十四小時陪在身邊，那個女人怎麼能這樣待你？你花那麼多錢，不如請個外勞，我還放心些。要不爸爸，就讓媽媽回來照顧你吧！哥哥弟弟和我都放心。」

「姐姐，這麼些年過去了，我也不是不能原諒玉芝，但是曉娟究竟照顧了我那麼多年，最近她聽說玉芝有意要回來，也就從來不在外面過夜，對我也更體貼些。」

大弟轉了語氣說：「如果是秀蓉要回來……」

秀蓉

秀蓉是大弟離婚後第一任女朋友。

那年回台灣第一次看到秀蓉，她穿著一套鵝黃的薄毛連衣裙，肩頭一條黑色開司米龍披肩，黑皮包配黑色半高跟鞋。看著剛過五十出頭，個子挑高，臉蛋清秀，細眉小眼菱角嘴，組合得十分融洽，不好隨便增減一分，笑起來兩個小酒窩特別迷人。

忍不住要讚歎：「比玉芝要漂亮太多了，大弟豔福不淺啊！」

他們在一次朋友的生日宴會上認識的。

大弟說是秀蓉主動第一次打電話約會他。「她那麼漂亮，又比我年輕多了，我哪裡有膽量約會她。」

秀蓉多年前離了婚，一個女兒在美國，正在替她辦理移民美國依親的手續。

交往一段時間，大弟就跟她說：「妳將來要去美國，我是不會去的。早早說清楚，免得到時大家都為難。」

「那是以後的事，現在我們好好過就是了。」兩個人情投意合的交往著。

我回台灣，大弟照例請全家人吃飯，席間秀蓉照顧大弟除了「無微不至」沒有其他更好的形容詞。替他添飯揀菜，剔除魚骨肉骨。大弟喝水都是秀蓉一再提醒：「水對身體最重要，多喝些。」

秀蓉的作為完全自自然然，沒有一點人為的做作；像是疼愛丈夫的妻子，也像照顧還沒長大的兒子。

那時大弟是想再結婚的，幾次跟秀蓉求婚，都被她擋了回去。

「我們這樣很好，不必受一紙婚約的束縛。」

「那妳不是說走就走？我跟妳交往可是真心的。」

「我當然也是真心的。你想，我圖你什麼？說白了，人才談不上，錢財我不需要，我就是喜歡你這個人，四個字：我喜歡你！」

秀蓉移民辦好手續來了美國，跟我打電話，要我勸大弟來美國，她會一心一意照顧他。說了很多話，我最後問出心中的疑惑。「妳條件那麼好，到底看上我大弟的什麼呀？」

「他人好，心地好！」秀蓉毫不遲疑的回答，「他是我交過的男朋友中，包括我先生，心地最善良的一個。」

「那妳回台灣跟他一起照顧他多好。」

「我考慮過，最大的難題是我女兒這一關。女兒從小我一手帶大，缺少父愛，現在我總要想辦法盡量補償。」

「女兒很快會有自己的家庭，妳不能跟隨她一輩子。」

「至少要等到她成家呀！」

等了一年多，大弟不來美國，秀蓉不回台灣。大弟又是胃病又是心臟病，加上拔牙和眼睛的雷射手術等都急需人照顧，在婚姻介紹中心認識了曉娟。秀蓉說：「那種地方認識的女人只是看上你的錢，你要小心。」

隔幾天秀蓉電話追著說：「我馬上回去跟你結婚。」大弟回一句：「回來可以，結婚就不必了。」

秀蓉賭氣：「不結婚我不回台灣。」

「當然不能勉強妳，妳是完全自由的。」

「大姐妳看，他有了女人就這樣對我，當初他是怎麼求著我跟他結婚的？」電話那頭秀蓉哽咽著，「這邊追我的男人也有的，我不怕嫁不到人。我只是真的喜歡他，喜歡他那麼一個老好人。」

我問大弟：「當初你不是一再的要跟秀蓉結婚的嗎？」

「唉！姐姐，那時玉芝剛離開，我還有戀愛的感覺，我真心喜歡秀蓉，沒有想到那麼多。現在想想，結婚說來簡單，但是繁瑣糾紛一大堆，就財產的分配一項就夠讓人頭痛的。朋友間這樣的例子看多了。我們都有孩子，我也老了，拖著一身的病痛沒有精力處理這些煩心事。」

秀蓉再提回去的事，大弟說：「曉娟照顧我這麼多年，她不主動離開，我不會讓她離開的。」

話，還是一樣的；人，卻是換了顏面體態。幾番滄海桑田，幾個受傷的心靈都在各自的夢境裡尋求安慰。

忠厚老實的大弟，幾十年歲月情海轉身，他曲折的感情路何處是歸宿？

麗蓉

麗蓉踩著縫衣機的踏板，機上的縫針卡卡卡響得像轉磨的齒輪，外面客廳裡張媽媽那濃重的四川話夾雜在齒輪間碾得斷斷續續不成篇章。麗蓉停下踏板，張大耳膜用心聽著。

「哪天把黃小姐請來，舅媽做幾個道地的川菜讓她嚐嚐。」

麗蓉想著那個坐在沙發椅子上翻著報紙、甩著雙腿的男人大概沒聽到他舅媽說的話。張媽媽再次提高了聲音：「以言，你倒是聽到了沒有？別光顧著看報紙。」

以言這才如夢初醒：「舅媽，妳說的哪一個？」

「就是黃秀麗呀！你那些女朋友我看還就是她像樣子些，文文靜靜的長得也規矩。交了那麼多女朋友，該選一個定定心了。」

以言必是又回到他報紙的頁面上沒有接下話題，張媽媽一把拿過報紙：「你說好不好呀！」

「什麼好不好？舅媽，幫幫忙，讓我把今天的報紙看完。難得一個星期天……」

「就是請黃秀麗來吃頓飯，問你好不好。」

「黃秀麗？」以言想著，「舅媽說哪個黃秀麗呀？」又是一次如夢初醒：「跟她才看過一次電影就給舅媽碰上了，還早著呢！」他伸手拿回報紙：「再說吧舅媽！這事哪能急得來的。」

張媽媽提高了聲音：「以言，你爸把你託付給我，我把你當自己的兒子，眼看著都要三十了，我怎麼不急？」

「好啦，舅媽，我記住了，以後用心找一個就是了。現在先讓我把報紙看完好吧！」

張媽媽挪著腳步歎著口氣走進房間了。麗蓉趕快把縫衣機踏得卡卡響。

暑假裡，麗蓉到張媽媽家借縫衣機做學校的制服，做件廉價布料的裙子，改弟妹的衣褲。那天一進門，客廳兼飯廳的沙發椅坐著以言，他拿著報紙晃動著雙腿。麗蓉沒看到報紙後面的臉，先看到那雙腿。怎麼有這麼一雙長腿啊！而且這麼不安份的晃動著，像風裡晃動的垂柳，透著些寂寞的歎息。

麗蓉悄悄的走進側邊的臥室，以言拉開報紙看到麗蓉，麗蓉看到以言方正的臉面。兩個人都有點被驚嚇到般各自收回了眼光，忘記了打招呼。

麗蓉沒有忘記那張方正透著英氣的臉，眉眼間一副落拓不羈的隨意，沒有忘記透著些寂寞歎息晃動的長腿。

麗蓉總利用寒暑假到張媽媽家借用縫衣機。眷村裡有縫衣機的人家也不少，張媽媽家離麗蓉家近，就在麗蓉家斜對面。張媽媽喜歡麗蓉，總是人前人後的誇讚：「像麗蓉這麼懂事的女孩子現在哪裡找啊！」

麗蓉媽媽身體一直不好，同樣軍人家庭，每個月差不多的薪餉，麗蓉的父親要給妻子買藥買補品，要養七個孩子的生活。張媽媽家只有一個一星期回來一次的以言，就能有多餘的錢買縫衣機。「麗蓉多不容易呀！初中沒畢業就以同等學歷考上師範學校，週末和寒暑假就是全職的傭人呢！家裡什麼大小事不是她在顧著。她家孩子多沒地方放，不然我家那台縫衣機早就搬去她家了。」

師範畢業，麗蓉分配到跟以言同一所小學教書。

張媽媽說：「麗蓉啊！有事就問問妳以言大哥，他是個教書的老油子了。」張媽媽停頓了一下，忽然想起什麼似的：「幫我留心看著點，以言現在是跟哪個女孩子來往著，是不是我喜歡的黃秀麗？他一星期才回來一次，我還真不清楚他交了哪些朋友，我只知道他身邊從來不缺女朋友。其實我們以言儀表還不錯的。只是，麗蓉，他可配不上妳啊！」張媽媽把「啊！」音拉得老長，像歎息也像惋惜。

張媽媽不止一次跟麗蓉講起，她是怎麼樣的在兵荒馬亂中答應了弟弟的託付，把十二歲的以言跟著張先生的軍事機構來到台灣的。

「我跟妳張伯伯沒有一兒半女，把以言當自己的兒子疼愛著。以言初中畢業說不能讓我們負擔太重，自己去考了師範學校做起老師了。現在就盼著他成個家，我也就對得起我的弟弟了。以後反攻大陸，帶著以言跟他的太太孩子去看他。麗蓉，這是張媽媽最大的心願啊！」

初秋時節了，麗蓉出門去趕公車上班，白花花的陽光把遠處的山丘照得分外清明。下班回到家，黃昏那熱鬧的蟬鳴像刮風般一陣陣吹送著高分貝的嘶叫，讓麗蓉的心不得安寧，像走失十字路口的孩子般徬徨驚慌。

教室不夠，一年級到三年級只上半天課。沒有課的半天，麗蓉坐在辦公桌改作業。一年級的學生連造詞都不多，背背注音符號，一個同樣筆畫的字寫上三四行，單調又刻板。看著改著，麗蓉的心更添些無奈的傷感。

多半的時候麗蓉坐著發著呆，看看窗外風吹樹葉晃動的枝椏，感覺出一種淒清的美好。偶爾抬眼看向以言的方向，想像著他在桌子下面晃動的雙腿。

後來麗蓉就帶些自己愛讀的書打發那半天時光，沉浸在自己喜愛的書海世界。在書頁翻動間翻出一個夢遊的世界，還沒夢醒已經到了開夕會的時間。

日子這樣一天天翻過去。

以言看到站起來微笑的麗蓉。「就是舅媽家踩縫衣機的女孩子啊！在舅媽家她就從來不正眼看我，舅媽交代要我多照顧她。這種女孩子我見得多了，極端的自命清高。」

以言倒是承認這個麗蓉有她自命清高的條件——眉眼清秀，身材纖瘦，讓以言腦海裡揮之不去的是她渾身散發的那份落落寡歡，是一湖憂傷的波紋，以言有要用手替她撫平的意願。

以言在辦公桌的那頭教六年級升學班，屬於重點班的重量級老師。麗蓉是辦公室桌尾教一年級的新老師，他們中間隔著一到六的距離，隔著輕和重的斤兩。彼此覺得安全，不會被對方打攪。

以言對舅媽每次例行的問話總是誠實的回答：「那個麗蓉能幹得很，不需要我幫忙的。」

暑假裡麗蓉找到一個家教的工作，星期六和星期天到一個退役將軍的家裡教一個五歲的瑩瑩學國語，從上午九點到十二點。

麗蓉第一次看到眷村生活之外的生活，懂得了什麼叫氣派和豪華。

走進厚重的雕花鐵門，一路長長的步道通向住家的大門。步道兩側蒼鬱高大的松樹針葉間灑進絲絲陽光的照射，隔離出兩個完全不同的風景區。

庭院左邊有座漂亮的玫瑰花園，右邊是一個小小的蓮花池。七月的蓮花粉紅青白，蓮葉沉綠。麗蓉跟瑩瑩常常在荷花池邊說故事，糾正瑩瑩的捲舌音。

老師和學生沒有教室課桌椅，瑩瑩的媽媽說：「跟著瑩瑩走動玩玩，只要糾正她的國語發音就好。我們瑩瑩跟妳有緣分，看了很多其他來應徵的都給她搖頭打回票了。」

麗蓉也喜歡瑩瑩，雖然嬌生慣養，倒有一份貴族家庭的優雅氣質。「我爸爸國語說得可標準了，媽媽要我說得跟爸爸一樣標準。」

有一天瑩瑩在荷花池邊看得發呆，忽然開口說：「爸爸走了快兩年了，家裡冷清了好多，這荷花開得都沒有以前漂亮了。」麗蓉驚訝著六歲不到的孩子說出這樣蒼涼的話語，跟自己的心境倒有些契合。瑩瑩接著說：「媽媽常常晚上自己一個人流眼淚，以為我睡著了。老師，媽媽好可憐啊！」

麗蓉牽起瑩瑩的手。這麼個氣派豪華的大宅院裡，住著一對多麼孤單寂寞的母女。

偶爾大客廳裡開一桌麻將，大宅院裡有了聲光彩色，那擺放點心的金邊雕花磁碟都透著歡喜的容顏。

麗蓉有了學校老師的薪水，加上家教的收入，家裡的經濟情況改善了很多，到張媽媽家借縫衣機的時間就少了。

日子過得淡淡的沒有加鹽添醋的味道，像每天晨昏麗蓉行走的路途上看到那遠遠的山脈。走出眷村的大門，那條長長的大馬路，麗蓉天天走，天天面對似乎遠在天邊的山脈。山不高也不夠壯闊，沒名沒姓的日日坐鎮在那裡發呆似的，那樣沉默寡言的不動聲色，麗蓉看著內心充滿了一份淡淡的哀愁。

她覺得自己有些少年不知愁滋味，為賦新詞強說愁的空洞無聊。空洞裡隱隱然會有以言方正寬闊的臉面，有那雙不安份晃盪的長腿。

她跟兩個妹妹同住一間房，因為是大姐，她有優先權選擇靠著室內唯一的一扇窗前擺放自己的睡床。兩個妹妹在對面的牆角擠著一張床，四個弟弟擠在另一個狹窄陰暗的房間。麗蓉對弟妹們有一份愧疚的歉意。

麗蓉想到瑩瑩家那空闊寬大的大房子，處處住滿無邊的寂寞，自己擁擠的家卻是住滿了人氣的熱鬧。

床雖然小，麗蓉卻有許多發展的空間。最快樂的時候是打開窗戶豎起枕頭坐直身體，讀那一本本自己喜愛的書。窗外一棵高大的尤加利樹，剛搬進來開窗就能摸到小枝葉搖晃一番，才幾年呢，長得比屋頂還高出一大截。風雨的夜晚，聽到枝葉在風雨裡求存活的掙扎，麗蓉心底有股想哭的感動。

那扇窗開開關關，麗蓉的日子進進出出，人世間熙熙攘攘，麗蓉感覺自己的人生老了起來。

生活也像麗蓉的薪水漸漸富裕起來，村子裡有了一間娛樂活動室，擺一個乒乓球桌，有幾套羽毛球拍，靠牆一排書架，放著住戶們捐來的一些讀過的書冊，下班的軍官和他們眷屬有一個活動交流的地方。後來一位喜歡跳交際舞的，麗蓉叫俞叔叔的，開始在週末晚上辦一個交際舞會，俞叔叔自己帶唱機播放些當時的流行歌曲。

唱著跳著，人數越來越多，聲勢壯大起來。

一天俞叔叔碰到下班的麗蓉就跟她說：「麗蓉，週末晚上來跳舞呀！是很好的運動呢！」

「我不會跳舞的。」

「天下哪有學不會的事。這個週末就來，俞叔叔教妳從最簡單的三步開始。」

看著俞叔叔跟俞媽媽在舞池裡優雅的走動，偶爾俞叔叔高舉起俞媽媽的手一個美妙的轉身，原來交際舞能跳得這麼好看，有行雲流水的嫻雅。

俞叔叔耐心的教著麗蓉，從一、二、三到一、二、三、四，麗蓉也學會了輕便行走的舞步。

一天來了一個穿軍服的少校軍官，他開始請麗蓉跳舞。麗蓉的舞伴輪流的都是村裡的伯伯叔叔，少校軍官來了，慢慢麗蓉的舞伴就固定下來。

本來就是隨意的娛樂活動，麗蓉也沒特別放在心上。後來每一天收到一封信，麗蓉看過第一封就不再拆開第二封。她不知道是什麼人寫的，也沒有那份追問的好奇心。有一天少校軍官在她耳邊問一句：「我寫的信妳收到了嗎？」

從那以後麗蓉就不再去跳舞了，寫信的人持續了一年多才終於不再浪費郵資。

麗蓉也談不上喜不喜歡那軍官，她不想再過軍人家庭的生活，她要跳出眷村的樊籠。軍官沒有像以言讓麗蓉初見就動心的媒介。

父親的同事們開始替麗蓉介紹男朋友，她也跟幾個人出去看過電影，吃過一頓兩頓飯。她不中意人家的，人家不中意她的，像秋天飄落的楓葉掉了就掉了，麗蓉沒有覺得惋惜。

開學了，麗蓉恢復上下班搭公車的日子。週末的家教還是繼續著。

那天麗蓉剛從公車站下來，班上一個叫黃鳳的學生跳著步子穿過馬路興奮的叫著「老師，老師」，一輛腳踏車來不及煞車迎面撞上黃鳳。一些人圍過來看著頭破了流著血、斷了一條手臂的黃鳳。麗蓉叫著「黃鳳，黃鳳」，要抱她起來。一雙大手伸過來接過孩子瘦弱的身軀，他看一眼麗蓉，麗蓉感激的回看他，原來是以言。那是第一次麗蓉這樣近距離的靠近以言，覺得有一份安心的信賴。

黃鳳在小鎮的醫院貼了紗布上了石膏。以言說：「我回學校上課，跟教務主任說請人先照顧著妳的班級。」那是第一次以言對麗蓉說了那麼長的一句話。

後來一次，麗蓉在教室走廊碰到剛下課的以言，就停住腳步說：「那天真謝謝你幫了大忙。」

「黃鳳，她是叫黃鳳吧？石膏拆了嗎？」

那以後他們開始很自然的說些話。

這個麗蓉不是自己認識的自命清高。

這個甩動長腿的以言，跟沒有耐心聽完張媽媽說話的以言，不像同一個人呢！

他們重新認識了彼此，縮短了以前的距離。

下班後麗蓉坐上回家的公車，車窗外快速後退的樹影婆娑。麗蓉拉開玻璃窗，聽到沙沙的風聲像唱歌般灌進耳裡，心裡滿是歡喜。

他們像是走失多年的老朋友，現在找到了彼此。麗蓉跟以言說起瑩瑩的故事，以言跟麗蓉說起自己十二歲離家跟隨舅舅舅媽到台灣的事情。「我五歲失去母親，一直跟著父親過日子……」以言的聲音裡斷續的是對父親無盡的思念。「離開父親十八年了，父親不知老成什麼樣子……」

中午休息的時間，他們買兩個烤番薯到小鎮後街河邊的小廟宇，一手舉番薯一手抽支籤。日子這樣風雨陰晴的過著了，麗蓉覺得自己終於長大了，大得足夠把強說愁的情緒甩脫了。

一年後，以言的父親把他接去南美的哥斯大黎加。

張媽媽流著眼淚：「說走就要走了呢！把你當親生兒子帶了十幾年啦……再是捨不得也不能阻止你們父子相會……」張媽媽的聲音像蟬兒的傾訴，斷續著成不了句。

以言擁著麗蓉說：「我去看我多年不見的父親，最多一年就回來，妳等著我。」

以言離開後連一封信都沒寫來，麗蓉還是等了兩年才嫁給了台生的。

以言到了那邊，聽不懂西班牙語，看不懂西班牙文，在父親開的小餐廳幫忙打雜，他的大手大腳不是砸了盤子就是翻了酒杯。

深夜裡他晃盪著那雙長腿，坐在吧台邊的高腳椅舉著啤酒杯，喝的時候少，出神的時候多。父親忙完廚房也到吧台坐著，父子兩人有著十多年隔著海天的距離。

一天父親問他：「以言，我看得出你在這邊不開心，要不你還是回台灣去？做父親的打從心裡就是要你過得好，過得快樂。」父親眼眶裡閃出一絲水光：「以前把你託付給我姐姐帶你去台灣，你是我唯一的兒子，哪裡捨得啊！」父親眼裡的水光化成粒粒水滴。

以言伸出大手拍著父親的胳臂，那胳臂骨楞楞的、硬邦邦的，以言感受到骨子裡那份溫潤，帶著漫天的悲涼兜頭潑在以言的身上，澆熄了對台灣的牽牽絆絆，澆熄了對麗蓉蝕骨的思念。

台生就是當年一天一封信的少校軍官，那時麗蓉不知道他的名字。

台生說：「我跟自己說等妳十年，哪怕妳結婚離婚我都等。」

麗蓉想到怎麼世界上還有一個像自己一樣，對一個人存著地老天荒的深情。

台生說：「就是緣分吧！第一次拉起妳的手跳舞，我就告訴自己『這是我要的妻子』。」

麗蓉過的是人人羨慕的好日子，台生是最疼愛太太的丈夫，麗蓉是人人稱道的好太太。

麗蓉忽然想起大宅院裡的瑩瑩和她的媽媽，看著光鮮令人眼花，內裡自有屬於不為人知的荒涼。

麗蓉回眷村看望父母，看望張媽媽。街道那頭遠遠的山脈上竟然隱隱然像有了新綠的枝葉，在藍天下充滿生意的伸向高高的天際，麗蓉覺得陽光刺得有些睜不開眼睛。

父母都老了，媽媽一輩子病病殃殃，卻腰桿挺直，言語清晰，家裡的錢財支出記得清楚。父親背有些駝了，走路腿也搖晃得不穩當。

兄弟姐妹一起負擔請了一位幫傭照顧著兩位老人家。

弟妹們都成家立業，以前狹窄的房間現在空蕩蕩的，只有母親輕聲的呢喃，跟女傭說著有的沒的話語。父親安靜的坐在靠窗的椅子上看報紙，多半時候手拿著報紙，頭低垂著早就睡著了，口水沿著嘴角掛下來。

窗外那棵高大的尤加利樹，一次大颱風攔腰吹斷了，半禿的枝幹還撐著門面迎向風雨陰晴。張媽媽說縫衣機舊了，她眼睛穿針不行了，送給了後排的李家了。

麗蓉找尋那卡卡卡踩踏板的聲音，找尋那雙晃動的長腿，心裡就有些發痛。

父母前後過世後，麗蓉久久不再去眷村了。

眷村要改建遷到城北鬧區，舊區拆建要蓋什麼商業大樓，麗蓉在拆建前去看看僅存的幾位老鄰居。

張媽媽拉著麗蓉的手，一時老淚縱橫：「麗蓉啊！難得妳還記得張媽媽。什麼都不一樣了啊！妳張伯伯突然走了，留我孤老太婆一個人……以言有信來，說我弟弟要我去他們那邊養老。那樣荒野的國家我哪裡住得慣？……新房子抽籤在五樓，我推著個輪椅雖然有電梯，多不方便啦！……」

「以言結婚了吧？」

「娶了個洋婆子，還生了個兒子。很久以前寄來的照片，早不知丟哪兒去了。」

「張媽媽，那台縫衣機……」

「早就當破銅爛鐵丟掉了吧！李家兩個孫子說丟出去可費了一番手腳呢！虧妳還記得它。」

麗蓉最後一次走出眷村，走過那條望得見遠山的道路，路拓寬了，遠山還是那樣在白雲下青綠得讓她心慌。

一段生命的軌跡就這樣消失了，以言消失在路的盡頭，黃昏的蟬鳴嘶叫得淒厲。

麗蓉替台生生育了一兒一女，他們大學畢業都申請到美國去讀書。台生沒有從上校升上少將，剛過五十八歲得了胰臟癌過世了。麗蓉的兒女接媽媽到美國跟他們姐弟輪流住。

麗蓉在加州女兒家住半年，在紐約兒子家住半年。兩個家都像卡繆的《異鄉人》住得陌生，也住得尋常。她選冬天住加州避開紐約的嚴寒，再說加州女兒貼心，洋女婿也好處，她偶爾燒個粉蒸排骨、珍珠丸子的，洋女婿吃得香噴讚不絕口。而且女兒女婿說好了不要孩子，麗蓉住得輕鬆。兒子家有兩個男孩子，七歲、八歲狗來嫌的年齡，她有時也嫌。

女兒家附近有個老人活動中心，像上班一樣每天早上八點多車子來接去，從供應早餐的豆漿饅頭到中餐的一葷三素。

早餐後活動連接不斷。跳舞的、唱歌的、寫書法的、打太極拳的、打麻將的真是應接不暇。

麗蓉什麼都不參加，常常拿本書坐在角落看書或發呆。等到午餐後休息一下，兩點多鐘專車再送每個人回家。一百多個人，接送的車就有五部輪流著。

有人問說：「妳看書不會在家看嗎？」麗蓉一時搭不上話。有些尷尬的怕他們以為她是占便宜來白吃白喝的。她能跟他們說：「這邊可以聽到人的聲音」嗎？

女兒家房子大，家具擺設講究，前後院該有的草坪花樹一樣都不少，就是少一點聲音，人們對話的聲音。

麗蓉自己在家讀著書，寫著字，耳邊忽然就像從空氣中長了腳一樣跑出來一些聲音——腳踩縫衣機的卡卡卡、客廳張媽媽跟以言的交談、村子裡跟台生跳舞的音樂聲。麗蓉想：是不是自己年齡大了有了耳鳴的毛病？到活動中心，各種聲音持續進行，她就聽不到自己的耳鳴。

一天麗蓉正坐在角落看著張愛玲的《半生緣》，一隻手拍著她的肩頭。麗蓉轉頭看到以言那張方正的臉，麗蓉嚇著觸電般彈跳起來叫了一聲：「以言。」

以言背駝了些，臉面寫滿歲月的紋路。不是那雙長腿，不是那份眼光，麗蓉是不敢認他的。

「我也是聽準了人家叫妳麗蓉，才敢過來。」

麗蓉跟以言要填滿幾十年的鴻溝，重新牽起彼此的手走得近了。

以言擁著麗蓉：「這輩子不知道還能看到妳，這次不會再放開妳的手。」

以言在哥斯大黎加住了三十年，直到父親過世。他讓父親的後半輩子過得安寧。

「父親在文革中因為我這個海外兒子的牽連吃了不少苦，我不能放下他回台灣去。」

麗蓉捏緊以言的手：「我瞭解的。」

「我娶了一個當地的女子，生了一個男孩子，初中畢業就把他送到美國來讀高中。兩年前他母親過世了，兒子把我接過來跟他們住。」

也是最平凡的一段離合人生。麗蓉跟以言說起自己的三十年流年歲月。

「麗蓉，我要感激台生，他替我照顧妳，讓妳的日子過得好。」

以言買了棟兩房一廳的公寓，兩個人去法院公證結婚，觀禮的只有以言的兒子、麗蓉的女兒，還有一位中心的朋友當證婚人。

他們還是每天去活動中心，雖然麗蓉早就沒有耳鳴的毛病了。

週末不去中心的時候，兩個人上午去就近的公園散步說話——麗蓉從將軍家大宅院的豪華氣派、瑩瑩母女大宅院的孤單寂寞說到眷村的拆遷歲月，以言介紹哥斯大黎加的異國風情。兩個人有說不完的話。三十年的絮絮叨叨變成流水，就是一條波瀾壯闊的長河。

下午在家，以言看報紙書刊雜誌，麗蓉讀圖書館借來的書本。

中心買了個大蛋糕給生日在同一個月份的老先生老太太過壽，超過八十歲的就有四十幾位，以言鶴立雞群的在那群人裡。大家圍著唱〈生日快樂〉，喧譁得整個中心熱鬧極了。

麗蓉想，怎麼以言就已經八十歲了呢！我們才剛開始過日子啊！

他們過了七年老夫老妻的好日子。

以言病重的時候，一天跟麗蓉說：「我走了留妳一個人，我放不下心啊！」

麗蓉握緊以言骨瘦如柴的手：「那你就不要走！」

以言抹去麗蓉臉頰的淚水，像哄失落糖果的孩子：「不哭、不哭，我不走了，不走了！」

南加州很少下雨的，以言選了一個刮風下雨的日子，安靜的走出麗蓉的世界。他緊緊拉著麗蓉的手不肯放開，直到氣如游絲般不甘心的終於鬆手。麗蓉撫平了那隻乾枯如蛻盡表皮枝條的手指，輕輕拍打著：「以言，你走好！到那邊等我。」

風不大，雨不急，但是足夠蓋過麗蓉嚶嚶的哭泣聲。

老丁，小丁

我們店裡向來不用父子、夫妻同時上工的，特別是廚房，親人結派互通聲氣，他人看在眼裡，人事的糾紛雜沓而來。

那時丁家父子來找工的時候，剛好廚房白師傅辭工回台灣，炒烤肉的阿米哥（墨西哥人）只要拿到支票，就三四天不見人影，最後還要去監獄把以酗酒罪名入獄的他給保出來。

老丁來找工的條件之一就是要把兒子小丁一起雇用，不然他也不肯留。

看著先生在廚房每天累得昏天暗地的，蠟燭兩頭燒不是辦法，就破例用了老丁小丁父子兩人。

知道他們父子兩人都姓丁，名字卻是從來沒問過。「老丁」、「小丁」，多麼簡潔明瞭，無須多餘的語言。

父子兩人除了高矮差不多，其他一點不像有父子相同的細胞。

老丁中年發福，有點肚腩顯得臃腫，他眼睛瞇瞇的，眉頭皺皺的，兜著滿臉心事的樣子。小丁眉眼清朗，張開嘴一笑世界就是豔陽高照，說起話來右手一甩一幅「就是這麼回事嘛！」的神情。

我常開玩笑說：「小丁啊，你的擔子都給老爸挑了。」小丁笑笑甩開右手：「他愛擔呀，我有什麼辦法？」

老丁掌廚房炒菜，小丁負責前面蒙古烤肉，其他打雜人員好調度。我們餐廳廚房人事有了大小丁的穩定，像兩顆堅固的螺絲釘，把廚房的上瓦地磚牢固的鑽住，我們有了兩年多的安心。

老丁的餃子做得極好，菜單上的fried dumpling（煎餃）賣得火紅，常常供不應求。

老丁每天中午餐廳打烊休息時，他雙手捧著個十二寸的大白瓷碗，裡面是他自己調製的餃子餡兒，他邊走邊攪和著碗裡的餡兒，瞇著眼皺著眉，嘴裡喃喃有聲，像沿門化緣的和尚；只是老丁是沿著廚房的小天地打轉。

先生看他矮短的身體，告訴他改用不鏽鋼碗，比大白瓷碗輕很多。老丁瞇著的眼瞪大了起來：「不鏽鋼的碗哪能調出好味道，一定要用瓷碗的。」一副你連這一點都不知道還做什麼餐館老闆的輕蔑。

老丁切菜也絕不馬虎，他總嫌副手把高麗菜切的塊不夠整齊，要自己動手。其他青椒、紅蘿蔔、芹菜等等，他幾乎要捏著人家的手親自傳授。那肉片肉絲更是馬虎不得，他非得親自掌刀。有時小丁看爸爸辛苦，要從旁幫忙，老丁嘀咕著轟開兒子：「去管你自己的事，別煩我。」

我幾次看到還真怕廚房的利刀會傷了他們的手，讓先生跟老丁說：「我們小城小餐廳客人都是老美，不會太在意菜的形狀。」當然老丁又是瞪大了眯眼嘀嘀咕咕，誰也聽不清他說些什麼。

小丁倒是十分俐落的把烤肉用的蔬菜肉片準備得清清爽爽。牛肉、豬肉，偶爾有客人打獵送的鹿肉，都要先在冰庫中凍得像石頭，再拿出來用刨肉機器刨得像紙片般薄薄的、捲捲的，像超市賣的火鍋肉料。超市的肉料整整齊齊一盒一盒像選美般讓客人挑選。我們也有自動刨肉機，但是馬力不夠大。先生說馬力太大的，廚房的電力不勝負荷會跳電。

小丁哪有耐心跟那懶機器商量，常常自己搬個矮凳子站在上面自己用力刨那石頭一樣的肉塊。他那瘦小的身子簡直用了吃奶的力氣，頭上的汗水涔涔落下。這種時候，先生就會叫那個人高馬大洗碗的墨西哥人，說好刨一塊肉給多少錢獎金。

墨國人高高興興、輕輕鬆鬆刨下一天的用量，小丁就特別賣力的把蔬菜切得細緻。他說最不好切的是番茄，切絲不行，切塊也不好，黏答答的像掛著鼻涕總擦不乾淨。

日子總不是永遠風平浪靜，沒有預防的會忽然風急浪高。

那天深夜兩點多，一位自稱史密斯的美國警察，打電話叫醒我們。說是在高速公路上看到一個中國小老頭，自己走在高速路邊。停車攔下他，他一句英文不會。摸摸弄弄在口袋裡掏出一張我們餐廳的名片，上面有我們家的電話號碼。

我們告訴史密斯先生餐廳員工宿舍的地址，請他送老丁回去，明天再問老丁詳細的情形。

第二天，老丁眉頭皺得更緊，眼睛瞇得更細，嘴巴閉得更嚴，一絲風聲不漏。

很多天後，小丁才跟我們說起老丁的可以稱得上是奇遇的經歷。

那天餐廳打烊後，老丁在馬路上閒逛著，走著走著路越走越荒涼。就在老丁越來越慌張的心情下，一輛大卡車停在他身旁。那司機招手讓他上車，他起先搖頭不肯，司機下車一把像抓小雞般的把他抓進車裡，車子飛快的越開越遠，老丁心跳越來越快，身體越來越抖。

司機在漆黑的荒郊野外停下車，搜光老丁身上的現金，大概幾百塊錢，然後再像抓小雞般把他丟下車。

過了幾個月，小丁說出故事的另一個版本。

那司機停車招手，老丁不肯上車。司機拿出一張紙，上面鉛筆畫了個裸體的女人，老丁就自動上了車。其他情節完全相同。

我和先生，我想小丁也一樣，都比較相信後一個版本。不然一個簡單的綁架搶錢的事，為什麼老丁半句不吭。

史密斯警察是司機借用的名字打的電話。小丁說：「還算有點良心，不然我爸走到天亮也不一定回得了宿舍。」

小丁的故事也跟女人有關。天下之大就是男人和女人（現在知道還有中性人）。男人和女人之間的事情從古至今演出千百齣舞台劇，劇情起伏，盪氣迴腸，讓人看得熱淚滾滾。

小丁的故事讓我和老丁涕淚橫流。

小丁在餐廳打工到一年半快兩年的時候，跟一位女服務生好起來。年輕人交個女朋友本是天經地義的事情，只是小丁的女朋友是有先生還有一個五歲的女兒。

最先是叫琳達的服務生有一天跟我說：「妳看到蘿拉跟丁師傅眉來眼去的嗎？」

那天店裡打烊，我和先生結好賬走去停車場，看到蘿拉跟小丁牽著手靠著車門說著話。大概沒想到我們今天如此快速就能回家，往常總要員工離開後一個多小時我們才出門。他們倆驚慌的放開手，蘿拉坐進車裡迅速開車離開，小丁也用小跑步回去宿舍。

第二天先生跟小丁講話，我跟蘿拉開導。

琳達快嘴快舌的傳聲筒，別的服務生就用有色的眼神跟著蘿拉的身影，像蒼蠅盯著肥肉。小丁是一副天塌下來我頂著的不動聲色，蘿拉當然受不住蒼蠅的嗡嗡鳴叫，雖然只有三四隻蒼蠅。蘿拉跟我辭工，我沒有挽留，只說了一句話：「好好照顧先生、女兒。」

老丁小丁還是尋常過日子。餐廳一樣的開門打烊，客人出出進進一成不變。

蒼蠅們沒有了叮咬的對象，琳達領頭都安靜下來。

小城不大，中國人除了學生其他人員不多，有一點風吹草動大家很快彼此鼓風掀草，漫天煙塵。

琳達又有了話題。

她跟我說（當然早就跟別人說過）：「妳知道嗎？蘿拉跟丁師傅好得要跟先生鬧離婚呢。」後知後覺的我和先生，當天晚上就把小丁、老丁留在餐廳談話。

我先沉不住氣：「小丁你怎麼這麼糊塗？蘿拉不是天仙美女，她有先生有女兒，你怎麼就不能放開她？」

先生跟著說：「小丁啊！你是聰明人，聰明人不要做糊塗事。」

老丁眉頭深鎖：「胡鬧，胡鬧。再這樣胡鬧，我帶你回台灣。」

只有小丁一言不發，右手再也甩不起來，最後蹦出一句：「是蘿拉放不開。」

很多年後，我常常悲哀的問自己，當時為什麼沒有魄力把他們父子雙雙辭退？我又自問，即使辭退了他們，就能阻擋後來悲劇的發生嗎？

一天深夜，蘿拉的先生開槍擊斃車裡的小丁和蘿拉。

先生依殺人罪入獄服刑，女兒送回大陸的祖父母撫養。

聯絡到當地慈善機構幫助後事，老丁帶著小丁的骨灰回台灣。

我陪著老丁流了許多淚水。老男人這樣嚎啕大哭我沒有見過，只能跟他一起默默的哭泣。

老丁離開的前一夜，跟我說起小丁的過去。

「其實小丁不是我的孩子，他是我去世的弟弟唯一的兒子。

我弟弟在一次挖煤礦時礦坑塌倒遇難。弟妹沒有能力撫養小丁，找了個男人說要她但是不能帶孩子，就把剛滿週歲的小丁送到我家。

我還沒有太太，帶著小丁就更不想結婚，誰能保證我的太太會對我弟弟的兒子像對我自己的孩子一樣好呢？

我在廚房做學徒，小丁託給同院的大嬸照顧著。小丁十歲跟著我進廚房，那時我已經是廚房的大廚。

小丁十九歲時我們跳船來美國。到哪裡做工唯一條件就是跟小丁在一起。我們沒有一天分離，比親生父子還要親密。

小丁多麼伶俐乖巧，只讀了幾年小學就跟我進餐廳廚房，自己摩摩蹬蹬，也有初中的程度。我就是後悔啊！怎麼當初就沒有讓小丁多讀點書，哪怕讀到高中畢業，他今天就不會是這樣的結局。

我，我，我……將來到那邊怎麼跟我弟弟交代啊！」

老丁滿臉淚水，把衣袖擦得兩片濕痕，擰得出水來。

幾十年過去了，想起那一段老丁小丁跟我們相處的歲月。我深夜歎息，小丁啊！小丁！

山水情緣

把最後一件衣服塞進箱子裡，蓋上箱蓋，拉攏拉鍊，比爾長長的吸口氣。十五年的行裝都裝進這小小的皮箱裡，而這麼一份輕鬆的事情，比爾做得這麼艱難困苦。畢竟十五年的山水歲月，走得再輕鬆，這最後的腳程卻似是承載了一生的重負，哪裡是箱子裡幾件衣褲鞋襪背負得了的。

今年的秋天來得早，今天的黃昏似乎來得也早些。窗外那棵高大的橡樹上，嘰嘰喳喳的歸鳥都回了樹，斜陽把最後的餘光塗抹在枝葉上，鳥兒們爭著在光影裡上蹦下跳的，一樹的熱鬧，襯出比爾分外的孤寂。

比爾把眼光調回來，停留在牆上那幅琳達的自畫像上。琳達那雙迷濛中透著深沉寂寞的眼睛，有著訴不完的千言萬語。那時的琳達多麼年輕啊，怎麼就有著那麼一雙歷盡滄桑的眼神呢！

提著皮箱走出臥室，比爾穿過客廳走向大門。

琳達還是一身白衣黑裙，肩上披著一條灰色的絲質圍巾。靠著大門框跟比爾擺擺手，一如往常比爾出門幾天就會回來的樣子。

比爾放下皮箱，緊緊的摟抱著琳達，緊得要捏碎她瘦弱的身子般。那句再見的話語怎麼也衝不破滿心的悲痛，一個單音也發不出來。

琳達拍拍他的肩膀：「甜心，記得，這裡永遠是你的家。」

一陣風來，吹起灰色的絲巾，飄上琳達灰白的頭髮上。比爾從後視鏡裡看得真切，眼淚嘩啦啦的流淌到握著方向盤的手背上，他猛踩油門，車子飛馳而去。

比爾遇到琳達那年他二十歲。

比爾高中畢業，看到報上琳達的畫廊找打零工的廣告跑去應徵，彼此就成了老闆跟員工的關係。一個月以後，比爾從零工變成了全工，他也就暫時取消了找另一份工作的意願，想著做一陣，賺點錢再去讀大學。

工作算是輕鬆的，每天替琳達的畫廊整理一些雜亂的畫作。譬如移動牆上的掛畫位置，調整照射畫幅的燈光，找地方掛新到寄賣的畫，大廳裡桌椅櫃檯變換著擺設。琳達總說畫廊的布置要常常變化，有些不同的氣氛，讓看畫買畫的客人每次進來有到一個新畫廊的感覺。

比爾的另一個工作就是顧客買了大幅的畫，他按地址幫忙送到顧客家去。

偶爾琳達到後面畫室作畫，比爾也幫忙照應一下畫廊的生意。不過琳達多半是晚上畫畫，白天都是在畫廊消磨。如果一個懂畫的顧客上門來，琳達會像個盡職的導遊，把每一幅圖畫詳細的介紹一番。從畫家的生平到這幅畫用色的大膽、光影的捕捉、遠近距離的拿捏，如數家珍的長篇大論，比爾在旁邊聽得眼皮都要垂下來了。

本來比爾就不是很懂得欣賞這些畫的，不管是琳達的畫，還是其他畫家寄賣的畫，在比爾看來都是沒有一點方圓規矩，一幅黑黢黢的大森林，一個獨行的老婦人，一隻遨遊海上的鷗鳥，一個飛天的巫婆，還有什麼都沒有，只是橫七豎八各色線條的交疊。比爾覺得每一幅畫都像是一個沒有說完的故事，等著人們去費心猜想，看著還真讓人累。

比爾也不是完全不喜愛繪畫的人，他愛看的是規規矩矩，房屋樹木，河流田畝，或是美麗的白衣少女，在陽光下撐著紅花陽傘。要不小男孩兒光著屁股坐在河邊戲水，再不簡簡單單一個梳辮子的小女孩，站在一叢薰衣草的花海前面，這些都好過那些掛在牆上的晦澀陰鬱。

比爾到畫廊的半年後，鎮上冬天來臨了。一個星期六的上午，天氣陰濕寒冷，灰濛沉鬱的天空顯示著雪花隨時將要飄落的信息。

店裡沒有一個顧客，比爾百無聊賴的坐在高腳凳子上，望向門外的街道。暗沉的街道也是有氣無力的伸展著，半天也沒見一部車一個人。小鎮的這條藝術街，在這冬日的腳步聲裡，完全被人們遺忘了。比爾把眼光拉回來的時候，猛然間看到琳達的眼神專注的盯著自己。那眼光像一道電子波浪，曲折的穿透了比爾的渾身上下。這電子光並沒有因為主人的回眸而轉向，是帶著些申訴的話語，要比爾安心的聆聽般。

比爾從來不知道這個比自己大十五歲的女人，有著怎樣的身家背景。他覺得琳達像她的畫一樣晦澀深沉，他從來沒有想花一分心思去研究過她這個人，就像從來也沒有要花一分鐘的時間去研究琳達的畫一樣。

現在琳達卻要他面對著她，研究她的人，看她的畫。

琳達自有一種不著痕跡的魅力，她坐在椅子上不言不語，只是眼神一個顧盼，手指一個挑動，空氣裡就有了一份飄忽的流動。這女人眉眼鼻唇都不是比爾的標準，但是比爾不得不承認，琳達是十分美麗的。尤其她的那雙會說話的眼睛，朦朦朧朧，好像從來沒有聚焦的時刻，顯得空濛虛幻。只有對著畫作，琳達的眼神才活出了生命，有風有雨的靈動了起來。

比爾有時想，三十五歲的女人，舉手投足就自有一番風韻，琳達的風韻經過畫室的調色搭配，更有另一層的矜持動人。琳達的畫黑白調色凝重，她的人也是徹底黑白的對比。

那天下午陰霾的天空終於掛不住的飄下雪花來。雪花一落就是大坨大坨的，實實在在的連續不斷的墜落著。

「比爾，這樣的天氣，鬼都不會來一個，跟我去喝杯咖啡吧。」

琳達鎖好門，開車過來。比爾哈著氣快速的鑽進車裡。

鎮上的咖啡店竟然也提早打烊了。

「我看就去我家吧，我煮咖啡的技術也是一流的。」

琳達家客廳布置得跟她穿的衣服一樣，寬鬆飄散有氣無力的，卻有股攝人心魂的氣氛。沙發是那種寬大沒有扶手的，桌子是沒形沒狀的一塊透明大玻璃，像隨時會流淌開來的一灘水簾。窗簾是黑白相間的布條，掛在那兒像女人攤開來的長裙子。

比爾這才看出來，這房間不是白色就是黑色。黑的沙發，白的玻璃桌，黑白相間的窗簾，窗簾旁邊是一架黑色大鋼琴。只有地毯是黑和白調和的灰色。

比爾吐出口大氣的醒悟過來，難怪琳達的穿著不是白的就是黑的。這個女人跟她的畫作一樣，沒有一絲亮麗的色彩。

多年以後比爾才終於感受到，黑和白實在是最能震撼人心的顏色，它單純潔淨空靈，世間的簡單繁複都在黑白交替中沒有了輕重。

琳達端著咖啡從廚房出來的時候，那眼神有些飄忽，像個夢遊的女人。盤在頭上的髮絲，有幾縷鬆散的落在額頭前。這女人不需要亮麗的色彩，卻是自有她說不出來迷惑人的地方。連她坐在那兒，一手端著咖啡，一手舉著香煙的樣子，都像廣告畫片上的人。

比爾起先有些侷促，像是手腳沒地方伸展般，又像是怕弄髒了這黑白分明的世界。後來一杯咖啡喝完了，就又恢復他大手大腳的本來樣子，瞇著眼盯著煙霧繚繞中的琳達。

「琳達，妳現在的樣子像妳自己的一幅畫。」比爾打破了沉默。

「是嗎？我知道你從來不喜歡我的畫。」琳達按熄了煙頭，雙手捧起咖啡杯，「也從來不喜歡我這個人的吧！」

比爾直直的凝視著琳達，他知道自己不喜歡她的畫，但是她這個人，他還沒有弄清楚是喜歡還是不喜歡。

比爾那天晚上沒有回自己的公寓，一個星期後比爾就搬到琳達的家裡。

從那天開始，琳達用她那隻畫筆，調配著紅黃藍綠紫豐沛的色澤，在比爾身體的每一個部位，揮灑潑觸，讓比爾年輕的生命煥發出萬丈的光芒。

在比爾身上，琳達絕少用上黑色或白色。

十五年的歲月，比爾的日子過得順當。

比爾的母親早早過世，早得比爾對她沒有一點記憶。父親後來娶的茱莉，喜歡比爾的哥哥要比喜歡比爾多得多。大比爾五歲的哥哥，聰明伶俐，最會看後母的臉色。哥哥從來不哭不鬧，講話得體，都是茱莉耳朵要聽的聲音。做事也像個大人般有條有理，是茱莉眼裡的模範生。比爾卻是成天像四月的黃梅雨，滴滴答答，淚水沒有擦乾的時候。三歲的男孩竟然像個三歲女娃兒般柔若無骨，看著什麼東西，都是蒙著水霧，散出一股幽怨。茱莉常常拎著比爾的小耳朵：「甜心，你怎麼就不能像你哥哥那樣，開心一點呢？」

上小學以後，比爾再也擠不出一顆眼淚來，他變成了學校裡的問題學生。今天拿了佩斯的鉛筆，明天用小拳頭揍了小湯姆，後天拽了瑪麗的頭髮。三天兩頭的被送到校長室，每半個月比爾的父親或是茱莉要被請到學校去面談。

上初中的時候，比爾長得高大健壯，在學校裡忽然安安靜靜的做起好學生來了。像一艘船，經過一路的激流奔竄，終於到達風平浪靜的水面。

讀到高中的第二年，比爾的父親心臟病發突然過世了。

茱莉有一天告訴比爾說：「比爾，你父親過世了，喪葬費用花費不少，以後你自己想辦法籌措學費吧。」

讀高中的同學，很多都是自己打工賺取學費，只是比爾的父親，看著這小時那麼不成材的兒子，如今在學校那麼出色優秀，跟比爾說：「兒子，你儘管安心讀書，高中的學費我替你早就儲存好了。」

如今父親的話隨著他的離去而消失，比爾也想著靠著自己的能力讀完高中的最後一年也沒什麼不行的。

事情的轉變是那天早晨一通來自舅媽的電話。

「比爾啊，你知道茱莉瞞著你我把你父親的遺囑竄改了嗎？」

比爾從來不知道父親有遺囑的事情。

他跟茱莉第一次發生激烈的爭吵。比爾要看父親的遺囑，茱莉找了各種各樣的理由拖延推拉，一會兒說律師沒有空，一會兒說保險櫃的鑰匙找不到了；再不她實在忙得很，抽不出跟律師會面的時間。

後來比爾直接找到律師，律師一臉驚詫的說：「你父親把房子給了茱莉，銀行存款是茱莉和哥哥對半分，你不知道嗎？我們也詫異你父親怎麼好像沒有你這個兒子似的！」

遺囑是怎麼竄改的呢？舅媽也不清楚，但是舅媽說以前比爾父親的遺囑，有幾件貴重的首飾是要留給她的。

「現在茱莉說完全沒有這回事，這不是把遺囑改寫了嗎？」電話裡是舅媽氣呼呼一連串的

「哼、哼、哼」。

讓比爾覺得最不能接受的，不是遺囑竄改的本身，而是他不能瞭解哥哥怎麼會跟茱莉聯成了一線。他不能忍受在這個家裡再待一分鐘，他甚至覺得他們也許會對他做出更可怕的事情。

比爾當天收拾自己簡單的衣物，走出了家門。他用身上僅有的錢，買了一張從懷俄明到奧勒岡的車票。

在奧勒岡比爾日子過得辛苦。上學打工，挨餓受凍，迎風面雨的，比別人晚了一年多總算把高三讀完了，然後找到了琳達畫廊的工作。

生活從此安定了下來。

有一天比爾忽然好奇問起琳達的過去。

「我啊，我的過去很簡單的。」琳達盤著腿，嘴裡叼著煙，瞇著眼吐一口煙圈，像要把自己包裹在煙霧裡：「二十三歲遇到一個男人，我瘋狂的愛上他。他在樂隊吹黑管。」琳達按熄了煙蒂，慢慢從雲霧裡走出來。「我們有十年的好日子。白天他看我畫畫，晚上我聽他吹黑管。」

琳達站起來，踱著步子，黑裙子像面布簾子，隨著腳步晃動著。「後來，他遇到一個唱歌的姑娘，他黑管的聲音裡有了和音；我的畫布怎麼塗抹卻是沒有聲音的。」琳達停住了腳步，深深的吸一口氣：「所以我們就這樣分開了。」

比爾心裡有什麼東西一陣攪動。

琳達點燃一支煙，迷濛的眼神在煙霧裡遊走：「親愛的，你不用擔心，我們倆，誰也不欠誰。」琳達噴一口煙，拿煙的手瀟灑的一揮，畫出一道優美的的弧線：「甜心，我們不看過去，只看將來。」

兩年後的將來，比爾在加州遇到了小君。比爾是應高中同學嘉珂的邀請到洛杉磯來度假一星期。一個嘉珂朋友的派對上，比爾見到了小君。

第一眼看到小君，比爾有些掉進夢境裡的恍惚。這個當年自己在畫布上看到的，紮著小辮子，站在薰衣草花叢裡的小女孩長大了，從圖畫裡走出來，走進了人間的花花世界。

小君什麼都是小小的，小眼睛，小鼻子，小嘴巴，但是無比完美的嵌裝在磁石般圓圓的臉龐上，顯得輕巧而靈動。小君說話的時候，眼睛鼻子總有動作。一個微笑，一次蹙眉，一聲歎息，都是不同畫面的美麗。

中年的比爾第一次嘗受到戀愛的滋味，三十歲的小君也是第一次領受到層層包裹著糖衣的甜蜜。

小君也有過幾個算得上是男朋友的朋友。

小君的戀愛每次像走過一條長長的橋，在橋中間對著橋下的水光豔瀲，卿卿我我一番，有時還沒看清彼此的倒影，有時大概是看得太清醒了，走到橋頭就各自說了再見，奔走自己的路途。

也有相扶走過長橋，在橋的另一端，不同風景的街道上倘佯來回，終究還是在另一個天地裡溫情的說了再見。

比爾卻是不一樣的。容不得你在橋上觀看橋下的身影，不給妳時間琢磨彼此，比爾幾乎是用極其粗暴的溫柔包裹著小君，極其甜膩的口舌品嚐著小君，小君魂飛魄散的接納了比爾。

那年秋天，比爾回琳達那裡收拾了那個小箱子，結束了十五年跟琳達的點點滴滴，駕著他的大卡車，到加州的洛杉磯迎娶了小君。

比爾跟小君居家的前院也有一棵高大的橡樹，比爾一走神就會以為是琳達家後院的橡樹。風雨的夜晚，聽著門縫裡鑽進來嘶嘶的呼叫聲，比爾會想起琳達家後院的那棵橡樹，在冬天的狂風暴雨裡，東倒西歪的身影。

現在琳達一個人聆聽感受這種種。

好在洛杉磯晴空麗日多，比爾這樣思念琳達的時刻不會常常出現。他常常會自己嚇一跳，為自己會這樣突然的想起琳達來，就像那天後視鏡裡看到灰色絲巾飛上琳達的頭髮，他會大把的淚水掉落一般的讓自己吃驚。

眼前的小君給他多少身心的歡樂，像璀璨的煙火，一個接著一個，蹦出漫天的亮麗。

琳達從來沒有給過比爾這樣的激情。琳達是晴空裡一朵安靜的浮雲，比爾總在煙火熄滅的暗夜，無端的腦海裡飄散起那朵舒卷的浮雲，雲朵兒輕輕的撫觸過比爾的身體，比爾心裡隱隱的感到一絲清涼的疼痛。

比爾想著怎麼十年就這樣走過去了，他跟小君也就過了兩三年的平安日子。

他也努力的，對他來說相當努力的找了不少的工作。只有高中學歷的他，除了勞力的付出，像墨西哥人到農忙收穫時間，做些零碎的散工。渾身汗臭的他回到家，沖了澡，小君還是嫌棄他。

他去餐廳做廚房的洗碗工，一次一個裂痕的玻璃酒杯碎片，從左手拇指劃破到手腕，長條的傷口換來小君心疼卻心直的抱怨：「怎麼會去做洗碗的工作……」小君十幾年的會計師做得穩當。她從來沒有覺得自己的生活環境裡，會有「洗碗工」這樣的字眼冒出來。

他去嘉珂的公司做基層的僱員，大學畢業的嘉珂小主管做了好多年，有著嘉珂的照顧，人前大家客氣對待比爾，人後閒言閒語沒有少說。他認清楚自己高中畢業的學歷是罩不住人家的話語，他高中學歷的能力也罩不住自己工作的偏差。

這樣磕磕碰碰的，比爾覺得過得辛苦，小君覺得自己一個人朝九晚五的上班養家更辛苦。小君特意表現出對比爾失業的不在意，比爾也是表現出對小君經常晚歸的不在意。堆疊起來的不在意，疊羅漢般成了高高聳立的很在意。

比爾說起要離開的時候，小君鬧鬧嚷嚷，眼淚潑灑。比爾感受到鬧嚷裡藏著的解脫，潑灑裡釋放的清明。

比爾開始整理衣物。還是十年前那個小箱子，打理好全部屬於自己的衣褲鞋襪。

比爾沒有在屋裡多停留一分鐘，小君上班了，沒有目送，沒有揮手。倒是前院那棵高大的橡樹，在加州亮麗的陽光裡，葉子閃閃發光，俯視著比爾的汽車漸行漸遠。

秋高氣爽的加州，沒有一棵變了顏色的樹木。行道樹旁的紫色花朵，招搖的在陽光裡舞蹈歡唱。

比爾忽然想起上初中時，自己似一匹飛躍跳動的小鹿，突然間收住了奔馳的腳步，終於俯首看清楚眼下青青的草原。

如今的比爾在十年的奔走後，經歷了五光十色的十里洋場，他回到那片青青的草原。草原遙遠的那頭，琳達白衣黑裙的站立著，灰色的絲巾隨風飄舞，舞出一片清明平和的天地。琳達不只是跟他生活了十五年，琳達的純白和純黑，透明而深徹的融入比爾的靈魂深處。小君是生活裡一段穿插的點綴，卸去了還原本來的生活，沒覺得有什麼欠缺。而靈魂深處琳達那飄浮著的黑白搭配的衣衫，白天黑夜叩擊著比爾的心靈，趕不走卸不去，從來沒有離開過。

小君是一座有稜有角的山峰，比爾攀爬得辛苦。琳達是那湖沉靜的潭水，比爾游淌得悠閒。

琳達的畫廊改成了服裝店，男裝女裝琳瑯滿目。比起當年那些沉鬱的畫作，倒真是色彩斑爛而整齊有序。

琳達的房子也換了主人，說是不知道原來的主人到哪兒去了，我們這房子都買了快十年了。

比爾去鎮上的那家咖啡店，老湯姆一眼看到了比爾。

「你回來啦，比爾？」

「琳達在你離開半年後就把畫廊結束了，房子也不到一年就賣了，她回聖塔菲老家去養老了。」

「琳達不是那種跟什麼人都說說笑笑的，你走了，看畫的顧客她都不大搭理。有時到我店裡來喝咖啡、抽煙，一坐好幾個小時。畫廊啊，她就把門鎖了呢。賣不賣畫好像也無所謂，她也不真靠畫廊吃飯的吧。有時一畫起畫來，沒日沒夜的，幾天看不到她的身影。那些寄賣畫的朋友跟我說，不必擔心，琳達這樣挺好的，自由自在過逍遙的生活。」

「她搬家的時候，幫忙的人可真不少，鎮上的人誰不知道琳達呢！那個追了她多少年的老達倫，快八十歲了，也趕著過來跟她說再見。」

「達倫說：『琳達啊，妳就不能留下來，我替你去看門吧。』琳達搓著他的白頭髮：『老達倫，到時是我替你看門還是你替我看門都說不準呢。』」

比爾記得那個小鎮大學退休的哲學教授，妻子去世幾年了。每個星期都到琳達的店裡來好幾次，跟琳達聊天，看琳達跟顧客聊天，看新來的畫作。就是從來不跟比爾講一句話，好像比爾是店裡的空氣，看不見摸不著。

直到比爾搬進琳達的家，達倫從此不再進琳達的店。

聖塔菲琳達的家，在一個小山坡上，像是影集《山坡上》的小屋一般，是個童話的世界。

比爾去過幾次。有兩次是夏天，一次是冬天。

比爾喜歡聖塔菲那個城市。雖然是新墨西哥州的首府，卻是沒有設立國際機場的首府，說是要保持空氣的乾淨。比爾就是喜歡那份乾淨，像自己的家鄉懷俄明的空氣，吸進肺裡能洗淨身體裡所有的烏煙瘴氣。

夏天去的時候，他們總在星子漫天的夜晚，兩個人一絲不掛的躺臥在山坡的草地上，幾番激情過後，一張大床單裹著他們倆緊緊摟抱的身體，世界寂靜得聽得到星星的私語。比爾覺得那是他長長的一生裡最最幸福的時刻。

走過長長人生的比爾，站在琳達家的門外。

深秋的聖塔菲有了明顯的寒意。加州住了十年的比爾，對迎面吹來的冷風，有些刺骨的感覺，不過此刻比爾有顆極端溫暖的心，讓他能抵擋外面的風吹樹搖。

比爾整個下午在山坡下的小鎮行行走走，刻意等到這黃昏過後，看到琳達家的燈光亮了起來。

一時間比爾的心撲通撲通的跳快了起來，快得他沒有力量舉起敲門的手。

怎麼像是要約會初戀的情人，跟琳達生活的十五年裡，他從來沒有過這樣的感覺。

遠處明亮的路燈，把黑色的大門映現出一份華麗的沉重。

比爾終於舉起手，重重的敲擊出咚咚的響聲。

黃的故事

黃在我們店裡掌廚的那幾年，餐廳生意火紅。「長城餐廳」的招牌像一扇鮮明的旗幟，飄揚在小城湛藍的天空。

李師傅跟我說「讓黃來掌廚，你們餐廳不出一年準關門」的話沒有兌現。

李師傅從大城市來，在餐廳待了一年半，說這鳥不生蛋的地方，打烊後連個打牌的地方都沒有，神仙也待不下去，就辭工回大城市去了。

黃從二廚接手，跟李師傅學了一年多。黃是個做什麼事都不特意經心的人，像他晃盪在寬鬆大幾號衣褲裡的身子，找不到一個依靠的重心般，頂多也就學了李師傅的一半手藝。起先我心裡也七上八下的，吃慣李師傅口味的客人，能接受這半路出家越南人炒的菜嗎？先生安慰我說：「店裡一半客人是來吃蒙古烤肉的，炒菜差些不會有太多影響。別讓那拿翹的李師傅嚇著了，他三天兩頭的要加薪，把我們店當聚寶盆啊！」

也是黃的運氣，三位特別的食客給店裡帶來熱火的生意，給剛接手大廚的黃一個撿來的獎品。

那天來了三位便衣偵探，不是探案是探菜，是德州一份頗有名氣雜誌月刊的食客。他們到每家餐廳輪流用餐，品嚐食物給予評分，回去寫一篇介紹這家餐廳特色的文章。被點名上榜的餐廳有了這份免費的廣告就像皇帝選中的妃子，備受皇上寵愛，身價節節高漲。

三位探員在我們店探菜後寫了一篇特別報導，把店裡的蒙古烤肉大大誇讚一番。那幾年蒙古烤肉在美國沒有流行，還是新寵，吃膩雜碎甜酸的美國人，換個口味嚐新。

「顧客自己選肉挑菜，自己放料調味，師傅面對面在大鐵板上翻炒一陣，給你的作品加工完成。是非常好吃而特別新奇的中國菜經驗。」一頁白紙黑字的書寫讓長城成為選中的妃子，得到顧客的寵愛。

月刊出版後餐廳天天忙得昏天暗地，我和先生幾番琢磨，小城沒有球賽，大學沒有畢業典禮，沒有特別活動，這天上掉下來的錢藏的什麼玄機？

直到一位老客人帶來那本雜誌給我們看才揭開了謎底。

黃在店裡一做十七年，是店裡開門以後做得最長久的廚師。十七年後我們退休，他接店又做了五年。他二十三歲走進長城的大門，侯門一入深似海，二十二年後四十五歲的他走出長城的大門。

長城幾經轉手，生意一路滑落。飄揚小城天空的旗幟，經歷豔陽的烘曬，風雨的淋灑，飄搖三十年終究落幕。

黃的人生道路如那張飄落的旗幟，經過陽光走過風雨，最後寂然飄落，黯然歸隱。

在越南人裡黃是少有的高瘦身段，一雙比女人還要大得多的眼睛，眼光卻是有些飄忽不定，帶著一份找尋什麼的迷惘。衣服穿得鬆垮像是掛在衣架上，走路晃盪晃盪，像廟裡清癯的道士，整個人給我有些單薄的印象。

他來找工作，我說：「廚房工作繁重，你要不在前面先做服務生，工作輕鬆，錢也賺得多些。」

他說：「我不喜歡跟人打交道，廚房工作單純，錢賺少些沒關係。」

他看出我對他體力的猶豫，跟我說他十六歲參加打越共。然後用不太流暢的英語形容了一大篇，大概是槍林彈雨死裡逃生的驚險描述。他轉過頭掰開他的右耳，一條粗大長條的蚯蚓貼在他耳後似乎還在蠕動著，把我嚇了一大跳。

「子彈碎屑擦過我這裡留下這個疤痕。」他說，帶著份不要小看我的驕傲。

黃就在李師傅手下做抓碼打雜的工作。

黃做事還算勤快，切肉切菜的事都搶著做，炒烤肉的師傅休息那天他就去頂替，洗碗打雜的人臨時請假他也去幫忙打掃清理。一般師傅是不會放下身段做這些下手的工作。他脾性也好，不多話，不跟人爭執，大家都喜歡他。先生說：「妳知道黃最大的好處是他一點不計較薪水的多少。哪像李師傅和以前的那些師傅們一年半載的好幾次鬧著要加薪。」

李師傅每週休息一天，由先生掌廚。先生會教黃一些基本炒菜的方法，從酸辣湯、蛋花湯這種容易的手藝開始。進一步讓他炒雞雜碎、芥藍牛、蘑菇雞這些老美常點的大眾菜，也教他調製黑白調料的方法。

時間長了知道他專心是有的，耐心卻不能持久。做事也粗糙膚淺，牛肉絲裡總參雜一兩塊牛肉片，雞胸肉裡也挑得出雞腿肉。蔬菜更是快刀斬亂麻，刀起刀落叮叮咚咚是彈鋼琴的快板。

三年後黃回去越南一次，母親要他去相親，說黃老大不小了，該娶個越南姑娘讓她好抱孫子。

黃從越南回來搖頭歎氣的說沒有一個漂亮的。我告訴他找太太不能只是漂亮，會理家、顧孩子、照顧先生才好。他搖搖頭，大眼睛裡是尋尋覓覓的探索。

店裡生意清淡的時候黃會安靜的坐在廚房的凳子上發呆。一天我問他：「有什麼心事呢？」他搖搖頭眨著大眼睛說：「不知怎麼回事，在美國我好想念越南的父母，回越南我又好想美國的你們。」

他孤單一人在小城住著，兩個姐姐都遠在開車六個小時距離的達城。他心無二意的替我們穩住廚房的陣腳，我們對黃就有一份特別的感謝，也對他有一份特別的照顧。餐廳每週休息一天，就請他到家裡來吃飯聊天，也帶他到別的餐廳用餐。每次去達城看望我們的兒子女兒，總給他帶回來小城買不到而他又最愛吃的越南三明治。

黃領受到我們的親切。有一天悄悄的跟我說：「我叫你們爸媽可好？」

店裡新來了一位名叫安妮的越南女服務生，個子矮，身材瘦小。越南女孩子幾乎個個大眼睛，安妮的眼睛除了大還有份水靈的晃盪，眼珠子幾番流轉就轉出另一幅風景來。美麗動人的眼睛外，安妮其他五官平平。鼻子太尖細，嘴唇太單薄，牙齒還算白皙，就是有些參差不齊，像是有幾顆長錯了位置。

但是，那雙眼睛一枝獨秀強勢的吸取了整個顏面的精華。黃很快就被安妮的眼睛三魂攝去二魄的陷入了情網。

二十八歲的黃交個女朋友原是很正常也值得高興的事，只是相對於安妮的靈巧，黃就顯得笨拙，有些趕不上安妮輕快的腳步。安妮是騎著腳踏車輕快飛馳的女郎，黃是趕著牛車吃力追趕的男子。

安妮不會開車，每天黃繞路去接她來店裡上工，中午就在店裡休息，晚上送安妮回家。兩個人同出同進像男女朋友。店裡打烊，廚房早早清理完畢，黃總要等到安妮做完前廳瑣碎的工作一起回家。前廳的工作零碎，要清理桌面，清洗用過的茶壺，擺放明天午餐的餐巾刀叉，加醬油、鹽、胡椒，添糖包，最後吸地。

黃有時等得久了，就來幫安妮做這些瑣碎的事。在廚房累了一天的黃做得興致高昂，一點不顯疲勞，我看著有些心疼。店裡其他服務生，有的看到後難免有些議論。

我提醒黃既然幫忙做前廳的工作，何妨把其他服務生的事情，譬如加糖包、醬油、鹽、胡椒等也帶著做一些。黃恍然大悟說：「沒有想到呢！」

儘管這樣也沒完全堵住她們的嘴。最常冒出來的一句話是：「安妮根本是在利用黃嘛！等哪天安妮翅膀硬了，不一腳把黃踢開才怪。」

黃是個安定的柱子，安妮是條飛舞的彩帶，不知道最終飄落在哪一根木柱上。

有一天我問黃說：「你跟安妮交往一年多，我看你是真心真意對待安妮，但是她對你怎樣呢？」

「她對我很好，我們彼此相愛。」說得非常直接了當沒有他平日的散漫。

「那麼你們談到過未來的打算嗎？」

「安妮說等她多攢點錢，也許再一年時間，我們就可以結婚。」

聽他這麼說，我這做「媽媽」的也就沒什麼好擔心的，對那幾位服務生的閒語也就當耳邊嗡嗡的蚊子揮手趕開。

黃是每個星期一店裡生意最清淡的一天休息。那天他問我：「這星期可以換成星期二休息嗎？」後來一想星期二正是安妮休息的日子。果然兩人去賭城玩了一天，一早頭班飛機去，半夜最後一班飛回來。

兩個人第二天來店裡都是累得像熬夜考試的大學生，哈欠連連，吃飯都無精打采。

安妮精明得像滑溜的蛇，嗯哼啊哈問不出一句完整的句子。黃起先一樣嗯哼，我一句「跟『媽媽』不能說謊的」，他就來龍去脈的和盤托出。連晚上住在安妮家都說出來了。

又一年過去了，他們的婚事沒見進行。這時安妮買了自己的車，也很快考到駕照，跟黃就不再同進同出，看著就沒有以前的親密。我問黃，他只是搖頭歎氣好像自己也不知道答案。服務生們更是幸災樂禍的傳遞著耳語：「沒錯吧，安妮把黃利用夠了，現在要甩開他了。」

那天中午店裡打烊時我讓安妮跟我到隔壁的咖啡店喝杯咖啡。

「安妮，妳知道黃對你一片真心，跟妳論到婚嫁的，是嗎？」

「是呀，我也是真心愛黃的。」

「兩個人真心相愛，結婚就是最後的歸宿啊。」

「我也知道的，但是最近我有些迷惑……」

「迷惑什麼？」

「我想到……將來如果我的孩子問父親一些功課上的問題，我不希望他們的父親一問三不知……」

「妳從開始就知道黃的一切。」

「當初我的確以為自己會嫁給他的，就是現在我也沒有確定完全不會嫁給他。只是想到將來就有些猶豫。我也是難以決定到底自己要怎麼辦……妳也不希望我跟黃結婚後再離婚的吧？」

對著安妮晃動清亮的眼神，這次輪到我不知該怎麼回答。

半年後，安妮辭工說是要到達城去開一家越南餐館。

她最後一次來店裡拿支票，沒有去廚房跟黃道別。臨出門大眼睛流轉著一層隱隱的淚光我是看得清楚的。

安妮給黃的生命注入一股活水，黃如魚得水歡暢行走在生命的樂園裡。那一年多他活得充實精神，迷惘的大眼睛找到了實體安定了心靈。安妮的離開帶走了黃身體裡的一部分，留下了一層皮囊像抽離身體的衣服掛在衣架上東飄西盪，讓我看著實在痛心。

店裡打烊後他常常站立廚房門外黢黑的夜色裡，眼睛無所事事的張望，他說想越南的家，想他年邁的爸媽。他不能說思念安妮的話，只能做個望鄉的遊子，用思鄉的情懷掩飾他落寞的心思。

意興闌珊了半年左右，黃回越南迎娶了母親早為他物色好的恩娟。

服務生竊竊私語說黃豔福不淺，恩娟比安妮漂亮多了。

恩娟的眉眼口鼻都是雕刻精緻的石膏像般，鵝蛋臉上嵌著大眼睛、高鼻樑，嘴巴不大不小，嘴唇不薄不厚，包裹著上下兩排不黃也不是白得耀眼的牙齒。除了身材矮些，若論臉蛋真是天生的模特兒。她的眼睛也是大而圓的，不過沒有安妮那份顧盼生姿的靈活。恩娟是小鳥依人的嬌柔，安妮是高空雲雀的活潑。

娶這麼美麗的新娘，黃倒沒有什麼特別開心的樣子，不像當初認識安妮時臉面每天塗了層蜂蜜般的幸福甜美。

他說：「沒什麼值得高興的。每次回越南，母親嘀嘀咕咕要我趕快結婚。我認定會跟安妮成家的，就說明年會結婚。這次安妮走了，恩娟看著也漂亮，就結婚了。」

「你愛恩娟嗎？」他聳聳肩：「我想是愛的吧！」

過了幾個月，恩娟央求黃讓她來店裡學做服務生。我跟黃說我們年紀漸漸大了也打算退休，這店以後就讓他們夫婦接手。恩娟早點來店裡學學前台的工作也好，就從服務生做起。

恩娟的英文差，加上動作緩慢，把帶領她的服務生常常急得跳腳，說不是黃的太太，才不要教她呢。新手要在老手的帶領下學習一個或兩個星期，端看能力的高低決定學習時間的長短。安妮當初學了三四天就開始獨當一面，恩娟學了兩個星期還要我從旁幫忙。

黃也常因為恩娟到廚房拿菜太慢而發脾氣，他對安妮可是溫和如綿羊的。「菜都冷了端給客人，這樣能賺到好小費嗎？」好幾次恩娟被他罵得偷偷的抹眼淚。

餐廳打烊服務生做清理工作時，黃坐在廚房凳子上，或是站在廚房外面的暗夜裡，在屬於他的另一個世界漫遊。服務生問他怎麼不幫太太做點清理的工作，他在另個世界裡聽不到現實世界的聲音。

一天上午店裡剛開門，恩娟眼睛紅腫的跑來跟我說，昨晚黃一夜不讓她進家門。我問為什麼，她吞吞吐吐半天不肯說話只是掉眼淚。

中午打烊了，我把恩娟帶去隔壁的咖啡廳。

「妳要告訴我為什麼，我才能去跟黃說呀！」

「我不過想要一個孩子。」

「要孩子是好事呀！黃不想要孩子嗎？」

「他也想要的，但是他……」

「他怎麼了？」

「他，他，他……那個不行的。」

「什麼不行的？」

「他那個……不行的，所以我要他去看醫師。他就生氣把我推到門外不讓我進門。」

黃這時走進來十分溫柔的牽起恩娟的雙手，一再的說：「對不起，對不起。以後我不會再這樣的。好，我答應去看醫師好嗎？」

恩娟終於擦乾眼淚笑出來了。

原來先生剛跟黃做了心理輔導的工作。

「不知怎麼的忽然不行了，恩娟急著要孩子天天逼我去看醫師。這種事怎麼跟醫師開口？就為這事吵了好幾次。昨晚在廚房忙一天我實在累了，回家她又嘮嘮叨叨沒完沒了，我動氣把她推出門外，大概順手把門鎖了自己往床上一躺就睡著了。不是真要把她關在外面一夜的。」

「你跟安妮以前行嗎？」

「行的呀！每天都行，有時一天還不止一兩次呢！」

「明天我幫你跟醫師預約，帶你去看醫師。現在趕快去向恩娟陪不是。以後絕不能這樣對待太太。你既然叫我爸爸，我就要把你當兒子般教導的。」

黃在店裡做了十七年後，我們決定退休，把店交給他們夫婦經營。

「恩娟哪裡能獨當一面照顧前面呢？」黃說。

用了半年的時間我專門訓練恩娟做好前面該做的事情：調酒，訓練服務生，記賬結賬，發薪水，開支票，存銀行，報酒稅，報營業稅……

一個餐廳瑣瑣碎碎的事情，我教得用心，恩娟學得極慢，像蝸牛行步急得我幾次要辭職。我想安妮如果取代了恩娟，早就撐起長城的一片天了。但是，黃真要娶了安妮，能抓得住這高空飛舞的雲雀嗎？不如乖乖守著恩娟這隻依人的小鳥吧。

退休一年後，一天恩娟來電話，因為太興奮話都說不清楚的告訴我們她懷孕了。她謝謝我們讓黃去看了醫師。「是個男孩子。上帝聽到了我每日虔誠的禱告。」

黃都四十一歲了，恩娟也三十好幾。他們經歷一番努力終於有了自己的兒子，我從心裡為他們高興。

他們為兒子取名Andrew（安主），讓安主叫我們祖父和祖母。

恩娟的姐姐茱莉從恩娟的預產期前一個月就從達城來要替妹妹坐月子，黃的姐姐琳達在安主滿月的那天也從達城來恭賀弟弟老年得子。

茱莉愛護妹妹，琳達疼愛弟弟，兩位姐姐絕不會想到由於她們的愛而改變了黃和恩娟後來的命運。

我再次去店裡幫忙一個月，讓恩娟在家休養坐月子。

長城餐廳早已不是原來的面目，像多年離開回來開啟斑駁門鎖的主人，一份陌生的氣息從外到裡層層包裹著我。

停車場劃線模糊，靠牆腳長出綠黃間雜的短草。紅色厚重的木門油漆一塊塊剝落，像紅裙子噴灑了廉價的白油漆。

店裡擺放凌亂，酒吧桌上有越南文的報紙雜誌，桌上的醬油瓶、胡椒瓶、鹽瓶有沒擦乾淨的污跡，擺設進門過道的大型木雕堆上一層灰垢，隔間的雕花玻璃長期沒有拭擦失去光澤。連服務生也顯得無精打采的散漫。做了多年服務生的秀蓮歎口氣說：「沒辦法呀！恩娟就是這樣每天懶洋洋的。也難怪了，挺著個大肚子。我們建議她請個前廳經理，他們又捨不得花錢。跟黃說起，他只是搖頭一副事不關己的樣子。」

我這臨時歸來的過客只是暗自痛心，有份往事不堪回首的惆悵，偶爾老客人進門才喚起我一絲往日情懷的溫情。

店裡的生意漸漸滑落也是意料中的事。秀蓮有天跟我說：「你們當初把店賣給黃也許他們夫妻會努力經營，白手撿來的東西就不知道珍惜。」

我們二十多年辛苦經營，客人稱譽小城坐標的長城餐廳，在淒風苦雨裡搖晃掙扎，坐標在日曬雨淋中傾斜難辨。

先生安慰我說：「這把年紀，已經送出去的東西要懂得捨棄。」

恩娟的姐姐茱莉留下來長期照顧安主，恩娟一個月後回店裡上班。

安主週歲生日的時候，黃和恩娟在家裡開了盛大的派對。琳達和茱莉都帶著各自的先生，從達城飛來參加盛會。

孩子天真可愛，恩娟的眼裡安主是天設地造的加倍可愛。她抱著安主像展示世間稀有的珍寶，讓所有親戚朋友看到她的驕傲。

恩娟也許不會經營餐廳，也不是能幹的家庭主婦，卻是位最疼愛兒子的母親。她說兒子是天主聽到她每日早晚的禱告賞賜給她最好的禮物。「我要做個最好的母親，報答天主的恩寵。」把安主養得是最合標準的健康寶寶。茱莉離開自己的家庭長住妹妹家照顧安主，功勞也是不可抹殺的。

安主週歲生日宴後第二天，黃的姐姐琳達來我們家看我們。

「謝謝你們讓我弟弟有了份自己的事業。」

「黃把我們當父母看待，又在店裡幫忙十幾年，我們對他表示一點謝意是應該的。」

「店裡的生意比你們經營的時候差了很多。」

「新店開得多競爭對手多了，生意一定會受影響的。不過他們這些年辛苦經營應該有些儲蓄，生活還是過得去的吧！」

「這就是今天我想來跟你們談談的原因。我弟弟說這幾年沒有存下什麼錢呢！」

「怎麼會呢？他們剛開始接手的幾年，生意還是跟我們經營時沒有什麼差別的。」

「就是呀！你們那時還要支付大筆的薪水給黃，現在我弟弟每天在廚房做牛做馬累得什麼似的，沒有薪水拿，竟然說沒有存下什麼錢。錢到那裡去了呢？我問起他店裡賬目的開支情形，他居然說從來沒看過賬，問他什麼收入開支，他都是一問三不知。」

琳達停頓幾秒鐘說：「黃把你們當父母，妳能去看看店裡賬務，瞭解一下實際情形嗎？」

黃說這些年真的沒有存下什麼錢。他不管賬，也對那一堆數目字沒有興趣。

「姐姐自己要看賬，恩娟跟我吵了一架，賬目還是給姐姐看了。姐姐說這賬目不對，恩娟和茉莉一定在賬目上做了手腳。」

「我懶得管這些事。」黃緩慢的搖著頭，沒有神色的大眼睛不能聚焦的滿是迷惑不安，也許「不屑」是更恰當的形容詞。

黃不管賬目，姐姐琳達可是管定了要追根究底。

恩娟本來能力有限，一個像長城這樣規模的餐廳對她來說，要按部就班做好該做的事就不容易。我去幫忙代工的那個月，秀蓮就跟我說過，恩娟常常晚報酒稅、營業稅而受到罰款處分，員工薪資也不能按時發放，算錯的時候更是層出不窮。

「這樣腦子有些缺氧的人，我不覺得她能在賬目上做什麼手腳。」琳達說，「她姐姐茉莉呢？她可比恩娟精明能幹許多的。黃說恩娟常常把店裡的賬目帶回家跟她姐姐一起做賬。」

我跟茉莉見面沒有超過三次。茉莉除了沒有恩娟的面貌姣好，做事卻比恩娟利索多了。黃的家我以前去過幾次，都是髒亂零碎，衣服鞋襪散落各處，茶杯碗盤堆積桌面，像美國人家沒有清理前的車庫拍賣場。

茱莉來了，黃的家乾淨整齊了許多。

我不知道茱莉是否跟賬目有關，賬目涉足金錢，金錢在某一方面是相當陰暗骯髒的。它像洶湧在地下的暗流，一旦沖出表面，所流過的地方混濁又異味熏天。它們流進黃的家庭，一個完好的家園就這樣被沖得支離破碎。

那年夏日，店裡週六上午休息，黃常常帶安主到我家來。有時我們一起到住家附近的公園看湖裡游水、湖邊閒蕩的大白鵝。湖裡的白鵝悠哉悠哉，頂著天上悠閒的朵朵白雲十分的美麗安詳。

黃閒閒的歎口氣，伸著手像數著湖裡有幾隻大白鵝：「牠們好快樂！」三歲多的安主追著湖邊的鵝兒嘻嘻哈哈把牠們一隻隻趕下湖水。黃望望安主說：「他也好快樂！」聲音裡散發出跟快樂極不相襯的憂傷。

「你快樂嗎？」我問黃。

他搖搖頭，晃盪著清癯的身體。我才看到黃瘦了很多，那雙大眼睛更是充滿無情無緒的黯然，一份散光的迷茫。

正午的陽光鋪蓋大地，籠罩湖水，鵝兒們都到湖邊遮天的大樹下乘陰涼了。

安主坐進車裡，伸出小手大聲的「grandpa, grandma bye! bye!」那清脆的童音掩蓋些黃落寞的身影。

一天黃的姐姐琳達到我們家，給我們帶來些小城不易買到的東方食品，像新鮮的豆腐、美味的廣東燒臘等。她從對店裡的賬目發生存疑後就常常到小城來。

說了幾句家常話，她忽然說到要帶安主去做DNA的測驗。

安主長得眉清目秀，一雙大眼睛十足黃的再版，略顯方闊的臉面輪廓也是黃的複製。

這樣如假包換的父子，琳達居然懷疑安主不是黃親生的兒子。

琳達說黃在越戰受了傷先天性無能，哪裡會有孩子？

黃曾經告訴過我先生他跟安妮之間性事正常，但是這話我們不能跟琳達說。黃不是說謊的人，琳達也沒有必要宣揚弟弟這份並不體面的隱私。姐弟之間存在著一種不為人知的代溝。

我只能表達自己的意見：「恩娟是安份的女子，她除了店裡、家裡和教堂就沒有接觸外人的機會。」

她姐姐茱莉常住他們家，茱莉的先生也常來看望茱莉，一來就是一星期，黃把主臥室都讓給他們住。

黃住哪裡呢？

「黃告訴我早就跟恩娟分房住了。所以哪有可能是黃的兒子。妳不覺得，安主長得很像茱莉的先生嗎？」

「這是不可能的。」我有些激動的說，「用膝蓋看也知道安主是黃的翻版。」

琳達悻悻然離開我們家。第一次我對琳達有份陌生而奇怪參雜些厭惡的感覺。

琳達無理的要求，讓恩娟和茱莉還有茱莉的先生都把她當成頭號的敵人，她再來小城，就不能住到黃的家裡，讓她自己花錢住旅館。

為這事黃當然也不高興，到底是自己的姐姐，怎能連自己弟弟的家門都不能進？起先黃也認為要安主做DNA的測試是無中生有的荒唐事，經過琳達像停格的唱片般，同一個節拍一再重複播放，要不認同琳達的唱詞也困難了。黃本來就是凡事不特意經心，是個無可無不可沒有什麼主見的人。

他們的悲劇是個繃緊的弦，兩個姐姐一拉扯很快就斷裂了。

黃跟恩娟兩人最終以離婚收場。

餐廳幾經轉手，生意一手不如一手，後來一位美國商人買去開了酒吧。那是後話了。

黃跟恩娟都搬離小城，寄居在達城他們各自的姐姐家。

我們也結束三十年的小城居，搬來兒女居住的達城，又跟黃和恩娟他們住在同一個城市。

黃再不是當年跟恩娟結婚時的年輕男子，恩娟再不是當年嫁給黃的那嬌弱美麗小女子。在達城越南超市買菜，遇到過琳達兩次，也巧遇恩娟和她姐姐兩次，卻一次也沒遇到過我很想看到的黃。

兩次跟他們問起黃的近況，聽到的都是不同版本的故事。琳達說黃很好，正在找餐廳的工作。說達城中餐館那麼多，以黃的手藝一定能找到不錯的工作。

恩娟說，黃每個月來接安主去跟他相處一天。「他早上來，我們遠遠的看著他帶著安主開車離開。下午把安主送回來，我們也是遠遠的看著他放下安主開車離開。」他們之間像從不認識的陌生人沒有交談。

從安主跟他父親的談話中，黃還在找工作。

「遠遠看著他，衣服鬆垮，臉上鬍子老長，像街頭的流浪漢。」恩娟說。語氣裡有一份陌生的同情，一份漠然的關懷。

黃跟恩娟鬧得不開心的那幾年，安主還叫我們祖父祖母，黃卻不再叫我們爸爸媽媽。一次恩娟偶爾說起來，黃常常向她抱怨，不是「長城餐廳」這個店，他不會淪落到今天的困境。

當初我們把店給黃原是對他的感謝，卻像是一顆走錯的棋子讓黃輸得徹底。他在越南戰場僥倖沒有輸掉性命，在繽紛塵世卻輸掉了一些也許比生命還珍貴的東西。

心思單純、凡事不太經心的他，把這失敗歸咎於捆縛他二十多年的長城餐廳。

一個秋天的午後，天藍雲白，不冷不熱，無風無雨，先生說開車去Mall走走吧。

就在Mall裡一家賣脆餅的小店看到安妮。

「安妮！」我大聲叫出來。安妮抬眼看到我們，立刻走出櫃檯跟我擁抱，對我們展開她燦爛的笑臉。那對水光靈動的雙眼裡摻進些歲月的風塵。

她把店交代給幫忙的女子，請我們去喝杯咖啡。

我們互相問候別後的一切。

她說剛搬來達城時開了兩年越南餐廳，實在太辛苦，就賣了餐廳在Mall裡開了這家脆餅店。雖然沒有餐廳賺錢多，但是工作單純簡單，沒有那麼辛苦。只是Mall裡租金貴，都是替房東打工了。

我們搬來達城兩年多了，離兒女家近，很喜歡這邊中國人的許多活動。我接著說歡迎她和先生哪天到我家坐坐。

「我還沒有結婚呢，哪裡來的先生啊！」

她問起：「長城生意還好嗎？黃還好嗎？」

「妳離開後，黃回越南結了婚，生了兒子。現在離了婚，搬來了達城。」

「啊！離婚了嗎？為什麼呢？」

我大略敘述了黃婚姻的悲劇始末。安妮聽著聽著，漸漸眼裡蓄滿了淚水。

「那時我是真心愛黃的，掙扎了好久才決定離開他。他是個很好的人，也非常非常愛我的。那時太年輕，覺得全世界都是我選擇的天地。現在知道人的一生能有一個真心愛妳的人足夠了。這幾年我前後也交了幾位男朋友，可是沒有遇到一個像黃那樣愛我的人。」

眼前的安妮不再是高空飛舞的雲雀，她是一隻失群的孤雁，拍翅回首尋覓過往的伴侶。我一時百感交集。

「去找黃吧！他如今最需要妳的幫助。」

安妮搖搖頭，一副曾經滄海難為水的樣子，淚水滾出眼眶流到面頰。

黃昏沒有聲息的遊走到熱鬧的人群間，安妮的淚水更是沉重了。

快過中國年了，接到恩娟的電話說要帶安主來看我們。

我們搬來達城第五年了，雖然以前在超市遇到兩次，這是恩娟第一次打電話說要來看我們。

我看看外面灰雲密布的天色，隨時會下雨的樣子。雖然都住在達城，卻是不同的市區，頗有一段距離的。在小城時恩娟一直沒有學會開車，她現在會開車了嗎？這種天氣，達城交通不比小城，即使不是高峰時間，有些地段還是塞車嚴重。

恩娟說：「姐夫開車帶我們去。走高速路我不敢開的，我只開上下班的小路。」

一家人喜氣洋洋的進了我們家。

安主已經是十二歲的孩子，長得眉清目秀，方闊臉，大眼睛。黃十幾歲的時候就是這樣子的吧！

恩娟的顏面依然美好清朗，眉眼間卻都掛上些風霜掃過的痕跡。她一再說抱歉這麼久才來看望我們，她說她內心從來沒有忘記我們對他們慷慨寬大的照顧。她說來達城有一段艱辛的生活，全靠姐姐姐夫的幫助。現在進了護士學校，一切安定下來才有時間來看我們。

「我上學時間，都是姐姐姐夫照顧安主，他們對安主像自己的孩子一樣愛護呢。」

三個大人接著絮絮叨叨的說著安主如何乖巧，如何聰明，如何在學校那些競賽裡得了第一名。安主在三個親人寵愛的包圍下，非常開朗快樂。他一會兒親暱的靠著恩娟的胸前，一會兒靠攏阿姨的肩膀，一會兒大聲呼喚著Uncle，一點沒有缺少父愛的落寞，是一個完美快樂的家庭。

我小聲問恩娟：「有男朋友沒有，還打算再結婚嗎？」

恩娟像誰拿木棍猛然打了她一棍。「我不會再結婚的，我不會的。我只要把安主好好撫養長大就好，他會是一個很有前途的孩子。」她低下頭細聲說：「誰能保證會像父親一樣愛護安主呢！黃是他的父親，又哪有盡到做父親該盡的一份責任！」

她說黃一直沒有固定的工作，現在做他以前痛恨的修指甲的事情。每個月一次帶安主去吃個麥當勞，或是看場電影。「每次我遠遠的看他帶走安主，心就開始吊在半空中，直到安主帶著一身修指甲的藥水味回到我身邊，我的心才又踏實的回來了。」

那時小城很多越南人，男男女女，都在做為人修剪手指或腳指的工作。黃每次搖著頭歎息說：「捏人家的手指、腳趾，唉！唉！唉！」把空氣都歎得沉重起來。最後悄悄跟我說，自己絕不會去做那種工作的。

我問起：「黃的日常生活情況還好嗎？」恩娟說他和黃除了眼睛的互望，從來沒有言語的交流。偶爾他有事不能來接安主，會打電話來重新安排時間，彼此沒有多餘的一句話。

我勸她離了婚還是該維持朋友的關係。她說，最後那段日子，黃同意要帶安主去做DNA的檢查，把她一點剩餘的感情完全徹底的摧毀了。

我幾次想跟她要黃的電話，終究作罷。他不想再聯繫我們這繼任的爸媽，我們也只能接受這本來就不是我們兒子的事實。

完美的一家人在我家用完簡單的晚餐，踏著輕快喜悅的步子在路燈的照耀下，坐進車裡。安主伸出頭手，大聲的：「grandpa grandma bye bye!」

多年前小城那幕湖邊安主追趕鴨子的畫面，清晰的呈現在我面前。那時安主幼兒稚嫩的一句「grandpa grandma bye bye !」隨著歲月流逝而去，現在是少男雄偉的獨白，歲月為安主的聲音添加了裝飾。

外面下起了小雨，關上門屋裡有人去樓空的清冷。冬日晚上冷意襲人，一股落寞情懷緩緩升起。黃那瘦高清癯的身影在腦海裡隱約浮現，他晃盪著緩慢的腳步像踏著秋日的風霜，走著晃著就到了冬日的蕭索。

黃，還能盼到屬於他自己的春日溫暖嗎？

語言文學類　PG1972　秀文學02

老來不相忘
——郁思文集

作　　者 / 郁　思
責任編輯 / 林世玲
圖文排版 / 周妤靜
封面設計 / 蔡瑋筠

發 行 人 / 宋政坤
法律顧問 / 毛國樑　律師
出版發行 / 秀威資訊科技股份有限公司
114台北市內湖區瑞光路76巷65號1樓
電話：+886-2-2796-3638　傳真：+886-2-2796-1377
http://www.showwe.com.tw
劃撥帳號 / 19563868　戶名：秀威資訊科技股份有限公司
讀者服務信箱：service@showwe.com.tw
展售門市 / 國家書店（松江門市）
104台北市中山區松江路209號1樓
電話：+886-2-2518-0207　傳真：+886-2-2518-0778
網路訂購 / 秀威網路書店：https://store.showwe.tw
國家網路書店：https://www.govbooks.com.tw

2018年9月　BOD一版
定價：360元

國家圖書館出版品預行編目

老來不相忘 : 郁思文集 / 郁思著. -- 一版. --
臺北市 : 秀威資訊科技, 2018.09
面； 公分. -- (語言文學類 ; PG1972)(秀文學 ; 2)
BOD版
ISBN 978-986-326-587-0(平裝)

855 107012779

讀者回函卡

感謝您購買本書，為提升服務品質，請填妥以下資料，將讀者回函卡直接寄回或傳真本公司，收到您的寶貴意見後，我們會收藏記錄及檢討，謝謝！

如您需要了解本公司最新出版書目、購書優惠或企劃活動，歡迎您上網查詢或下載相關資料：http:// www.showwe.com.tw

您購買的書名：______________________

出生日期：________年________月________日

學歷：□高中（含）以下　□大專　□研究所（含）以上

職業：□製造業　□金融業　□資訊業　□軍警　□傳播業　□自由業

□服務業　□公務員　□教職　□學生　□家管　□其它______

購書地點：□網路書店　□實體書店　□書展　□郵購　□贈閱　□其他

您從何得知本書的消息？

□網路書店　□實體書店　□網路搜尋　□電子報　□書訊　□雜誌

□傳播媒體　□親友推薦　□網站推薦　□部落格　□其他__________

您對本書的評價：（請填代號　1.非常滿意　2.滿意　3.尚可　4.再改進）

封面設計____　版面編排____　內容____　文／譯筆____　價格____

讀完書後您覺得：

□很有收穫　□有收穫　□收穫不多　□沒收穫

對我們的建議：______________________

____

____

____

請貼
郵票

11466
台北市內湖區瑞光路 76 巷 65 號 1 樓
秀威資訊科技股份有限公司 收
BOD 數位出版事業部

……………………………………………………………………………

（請沿線對折寄回，謝謝！）

姓　　名：＿＿＿＿＿＿＿＿　年齡：＿＿＿＿　性別：□女　□男

郵遞區號：□□□□□

地　　址：＿＿＿＿＿＿＿＿＿＿＿＿＿＿＿＿＿＿＿＿

聯絡電話：(日) ＿＿＿＿＿＿＿＿＿＿ (夜) ＿＿＿＿＿＿＿＿＿＿

E-mail：＿＿＿＿＿＿＿＿＿＿＿＿＿＿＿＿＿＿＿＿